米米拉 著

天津出版传媒集团
天津人民出版社

图书在版编目（CIP）数据

独家甜蜜 / 米米拉著. -- 天津 ：天津人民出版社，2017.11（2020.3重印）
ISBN 978-7-201-12297-7-01

Ⅰ. ①独… Ⅱ. ①米… Ⅲ. ①长篇小说－中国－当代 Ⅳ. ①I247.5

中国版本图书馆CIP数据核字(2017)第206668号

**独家甜蜜**

DUJIA TIANMI

米米拉 著

出　　版　天津人民出版社
出 版 人　刘　庆
地　　址　天津市和平区西康路35号康岳大厦
邮政编码　300051
邮购电话　（022）23332469
网　　址　http：//www.tjrmcbs.com
电子信箱　reader@tjrmcbs.com

责任编辑　玮丽斯
特约编辑　袁　卫
装帧设计　梦　柔 吴　丹
责任校对　后　鹏 落　语

制版印刷　三河市华东印刷有限公司印刷
经　　销　新华书店
开　　本　660毫米×960毫米　1/16
印　　张　16
字　　数　190千字
版权印次　2017年11月第1版　2020年3月第2次印刷
定　　价　42.80元

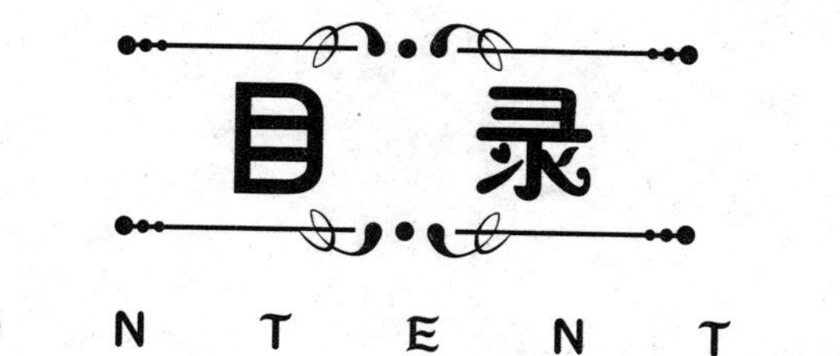

# 目录

CONTENTS

# 目录

CONTENTS

楔子
PROLOGUE

冬日的阳光带着一丝暖意，安静地照耀着大地。

“哎呀，老妈，我买的就是大妈牌的大米，没有买错，您放心。十斤的大米又没有多重，我还提得动……”

车来车往的马路边，一个穿着牛仔裤和泡泡袖衬衣的可爱女生正双手抱着一袋大米，歪着脑袋，夹着手机不耐烦地说着话。

没错，这个可爱的女生就是我——田小甜！

而电话那边一直唠叨个没完，生怕我买错大米的牌子，又生怕我拎不动，还担心我的乌鸦嘴又闯下什么祸的就是我老妈了。

唉，更年期的老妈就是这么麻烦！

好不容易等她挂断了电话，我才腾出一只手来，将大米夹在胳膊下，把手机收起来。

“老妈也真是的，怎么会那么啰唆，我最近连话都不敢跟别人说，哪里会闯祸……”我噘了噘嘴，埋怨道。

也不知道是什么原因，从我生下来那天开始，只要说了不好的事情，大部分都会应验，久而久之，我就有了“乌鸦嘴”的称号。也因为这个称号，从小到大我几乎交不到朋友，大家看到我就像看到瘟神一样敬而远之，除了菜心。

菜心是我唯一的朋友，当然她也没少受到我乌鸦嘴的牵连。幸好菜心从来没有出过什么大问题，不然我真的要愧疚死。更庆幸的是去年她家搬去了东区后，她还考进了北堂学院，好的事情接二连三发生，我也替她高兴。

说起来，离开我也算是一件好事。

“哗啦啦——”

就在我想到菜心的时候，忽然一个男生迎面跑过来，将我撞倒在地，而我抱着的大米不知道被什么划了一下，顿时落得满地都是。

那个男生连道歉都没有，就向前跑了。

“呜呜，我的大米！”

我看着散落一地的大米，忍不住朝那个男生咒骂道：“喂，你撞到人了不知道道歉吗？你眼瞎吗？”

“砰！”

我的话一说完，那个男生就被一辆自行车撞了个正着，而他的眼睛也被自行车的把手划伤，当下就捂住眼睛直喊痛。

呃……

我好像又闯祸了。

那个男生喊了几声痛后，竟然不顾自己的眼睛，就朝前面一辆停在路边的黑色轿车跑了过去。

我见自己闯了祸，生怕那个男生的眼睛出意外，抱着还剩一半的米袋

子，就朝那个男生跑去。

“你的眼睛有没有事啊？要不要去医院看看……”

“北堂景，请你再给我一次机会。”

我的话还没说完，就被男生的声音打断了。

北堂景……

这个名字让我震惊得瞪大了眼睛。

不，不会吧？

我机械地转动脖子往男生呼唤的方向看过去，只见那辆黑色的轿车里走出来一个人。

那个人身材高大，黑色风衣衬得他更加高贵神秘，而那张轮廓分明的脸上有着精致到无可挑剔的五官——高挺的鼻梁，紧抿的双唇，那双深邃的眼里透着冰冷的寒意，普通人看上一眼都觉得不寒而栗，不敢轻易再去看第二眼。

他比梦里的那个人还可怕几分。

不！

可怕一百倍！

我不由得往后退了一步，身体都在瑟瑟发抖。

“北堂景，你……你竟然是真的！”我想也没有想，脱口而出道。

喊完之后，我就后悔了，因为我的喊声成功地吸引了北堂景的注意，他转过身来看了我一眼。

那一眼吓得我一哆嗦。

他的目光在我的脸上扫了一下后，眉头紧紧地皱了起来，然后像是有什么疑问一样眯起了眼睛，又打量了我许久。

“看什么看！”

我一说完，又恨不得咬掉自己的舌头。

好在北堂景似乎没有注意我的话，他对着那个捂住眼睛痛得额角在流汗的男生说：“你先去医院看眼睛，不然你就是留在了北堂学院，也是个没用的瞎子。”

说完，他转身上了车。

车马上就开走了，只留下抱着半袋子大米的我和那个男生。

“谁要你多管闲事？”

那个男生狠狠地用另一只眼睛瞪了我一眼，然后头也不回地跑走了，临走前还狠狠地推了我一把。

“哗啦啦——”

我抱着的另外半袋米也撒在了地上。

看着白花花的大米，我的脑袋也跟着一片空白。

不可能！

怎么可能！

北堂景明明只是我的一个梦啊！

他只是我在梦里看到的那本漫画书的男主角，怎么可能变成真人？

一个月前，我开始重复地做一个奇怪的梦，梦里，我去了一家奇怪的漫画店，看了一本漫画书，而漫画书里的男主角就叫北堂景，女主角叫陆莹莹。

虽然是梦境，但我觉得十分真实。

就和我以前看的那些纯情校园漫画一样，漫画的内容其实很狗血，漫画是从女主角陆莹莹的视角开始的。

女主角陆莹莹和北堂景是青梅竹马，她一开始就默默喜欢北堂景，却不敢说，直到后来一个叫菜心的女生插了进来。菜心不喜欢女主角，总是针对她、欺负她，恰好被北堂景看见。北堂景把菜心赶出了学校，这让陆莹莹觉得北堂景是重视她的。

没错！

漫画里那个叫菜心的女生和我最好的朋友菜心同名，在漫画里她的形象简直和我认识的菜心一模一样。如果只是菜心出现，我可能会觉得是巧合，但是没想到漫画的后面，我也跟着出现了。

在漫画里，菜心也有一个好朋友叫田小甜，田小甜为了帮菜心报仇，转学来到了男女主角的学校，仇没有报成，却喜欢上了北堂景。

陆莹莹发现北堂景对田小甜总是会多看几眼后，心里有些慌，便时时刻刻跟在北堂景身边。这让田小甜很嫉妒，然后她就像所有漫画里的恶毒女配角一样开始对付陆莹莹，可惜她的小计谋都被北堂景拆穿。最后在北堂景冷冷的目光下，田小甜被学校的人欺负、被嘲笑，脚也跛了，还被退学，没有哪所学校敢接收她，就连她的爸妈也被牵连，无家可归、流落街头。

虽然我每次都只看到漫画的一半，也不知道结局怎么样，但我想，每本漫画都是一样，恶毒女配角的结局都很惨，男女主角最后一定会幸福地生活在一起。

但是——

为什么我变成了漫画里的恶毒女配角？

虽然平时我也喜欢看这些校园漫画，看到女配角的下场很惨，心里也会很高兴，但如果那个人变成了自己，就一点儿也不好了。

况且我才不会喜欢那个冷冰冰的北堂景呢！

哼！

我摸着起伏不定的胸口，看了看散落一地的大米，心情变得很微妙。

这一切太诡异了！

不管是梦里出现的漫画，还是忽然在现实中见到了北堂景本人，这都让我产生了不好的预感。

难道我的乌鸦嘴开始在我身上应验了？

不可能吧！

我从来没有诅咒过自己变成恶毒女配角啊……

而且，仔细想一想就会发现，其实也不可能发生什么嘛！

昨天我还跟菜心通了电话，她还和我有说有笑的，连北堂景这个人都没跟我提过，更别提为了他去欺负其他女生了。

再说了，菜心这个丫头没心没肺的，怎么可能去欺负别人，别人不欺负她就不错了！

梦就是梦啊！

现在菜心在学校好好的，我只是遇到了北堂景，并不认识他，更不会喜欢他，以后也绝对会离他远远的。

FINALS

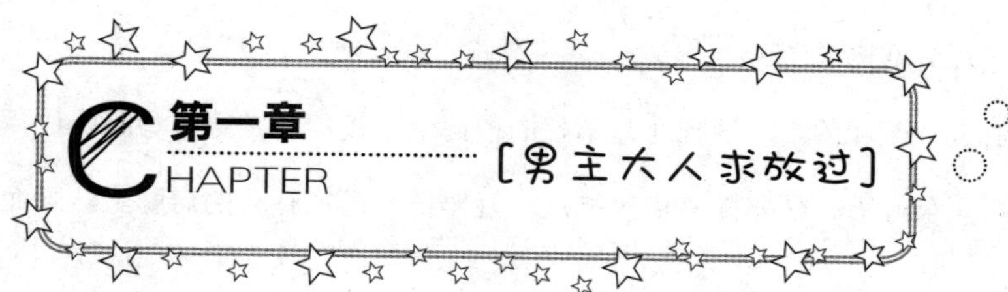
第一章
CHAPTER
[男主大人求放过]

1

三月，草长莺飞。

清晨，柔和的阳光洒在北堂学院的校门上，校门前宽阔的马路两边，两排樱花树正盛开着，偶尔随着微风拂过，几瓣樱花落在行人的肩膀上，画面十分美好。

然而……

我泪流满面地站在大门外，低头看了看身上的校服，那闪亮的樱花标志让我的心猛地缩起来。

呜呜！

我一点儿都不想进去，怎么办？

“嘀嘀——”

身后忽然传来汽车鸣笛声，吓了我一跳，下意识地就往旁边走去，让汽车开了过去。

真是的，人家正在酝酿情绪呢！

我在心里埋怨着，抬起头朝黑色的轿车看过去，这不看还好，一看差点儿没跳起来。坐在后座的那个男生，我只是扫了一眼他的侧脸，就让我不由得慌张起来。

就是那张脸——之前见过一次就让人难以忘记的脸。

是啊，不说见过的那一次，这张脸几乎每天晚上都出现在我的梦中，我想忘都忘不掉。

无可挑剔的五官，肌肤泛着莹润的光泽，高挺的鼻梁，紧抿的双唇，最让人难忘的是那双黑色的眼眸，似乎永远带着一丝冷冽，就算用余光望着你的时候，你都会觉得不寒而栗。

“北堂景！”

我忍不住惊呼出声。

等我发现自己发出的声音时，恨不得把舌头咬下来，因为我这一喊，轿车竟然在前面停了下来。

接着，车门打开了。

救命啊！

他该不会听到我的喊声了吧？

情急之下，我赶紧拿起手中的书包，想要挡住自己的脸，可是早上出门的时候，我连书包都没有系紧，书包被我猛地一甩……

“啪嗒——”

书包里的钥匙串朝推开车门、一只脚刚踏出来的北堂景的额头上砸去。

“啊！景，你有没有怎么样？”

我吓得呆住了，张了张嘴巴，还没来得及出声，一个甜美的女声就响了起来。

我看到一道白色的身影冲了过去。

那个女生扎着两条麻花辫，穿着清纯可爱的白色公主裙，奔跑时露出光洁的额头，皮肤白皙，半月形的眼睛，再加上嘴角边那颗明显的黑色小痣，她和我在梦中看到的漫画书里的女主角怎么那么像啊！

她该不会也叫陆莹莹吧？

我的身体一僵。

难道梦里出现的情节是真的吗？

如果之前我还一直在心里安慰自己，一切可能只是一个巧合，就算北堂景和漫画里的男主角长得一模一样也不代表什么，可现在陆莹莹出现了，还有那和漫画里丝毫不差的穿着打扮……

上帝大叔，我到底哪里得罪你了？

为什么我的生活变得和漫画里一模一样？我不是女主角就算了，为什么还是一个恶毒的女配角？

我虽然不能夸自己天真烂漫、聪明善良，但也不可能会为了眼前这个冷冰冰的北堂景，做那些坏事去针对另一个女生吧？最后还要被他报复折磨，变得那么惨，我是吃饱了撑着吗？

反正我不要，也不会变成那样！

想到漫画里的场景，我就害怕得全身颤抖。

我握紧了双手，眼见着北堂景那冰冷的眼神就要往我这边扫过来，我顾不得去想梦境了，下意识地用书包挡住了自己的脸。

“天啊，那个女生是谁啊？”

“不想活了吗？竟敢袭击北堂景！”

“你看她全身发抖的样子，还敢用书包挡着脸，这下可有好戏看了……”

……

周围传来的议论声让我越来越害怕。

漫画里的北堂景有多么可怕，我是知道的，他一向是不动声色，就能把所有他看不顺眼的人折磨得很惨，漫画里的那个“我”就是一个例子。

怎么办？

现在我拿下书包，然后跟北堂景认错，告诉他我不是故意的，再跪下来求得他原谅我，会不会晚了？

“那位同学，你不用害怕，你快过来跟景道歉吧，他不会对你怎么样的，我想大家对他有些误会……”

陆莹莹的声音响起来。

你是女主角啊，和北堂景是什么关系啊，你当然这么说了！道歉有用的话，北堂景就不是北堂景了！

我的心里越来越忐忑。

我感觉到一道冰冷的目光紧紧地锁定在我身上，暖暖的风迎面吹来，却让我如坠冰窟般寒冷。

我一紧张，手一抖，脸露出了一角，让北堂景看了个正着。

啊！

不可以！

我下意识地又用书包挡住了脸。

经过了几秒的考虑之后，我做了一个大胆的决定——在众目睽睽之下，我一边挡着脸，一边拼命地往校园里跑了过去。

这个时候一定不能被抓住！

我怀着这个信念，一口气跑了很远，远到校门都看不见了才气喘吁吁地停下来。

呼呼——

幸好没被北堂景抓住，不然我就真的死定了，以后我还是离他远远的就好了。不管梦里看到的漫画是不是真的会变成现实，只要我躲着他和陆莹莹，也不插进两人之间做什么“恶毒女配角”，不就什么事都没有了？

想到这里，我稍稍松了一口气。

不对啊……

我好像是为了菜心才来北堂学院的，而我来北堂学院的目的好像就是——接近北堂景！

我狼狈地抹了抹额头上的汗，顿时清醒过来。这一切得从一个多月前说起，那时刚放寒假……

一个月前。

我记得那是一个晴朗的周末。

刚开始放寒假没几天，我正在家里一边吃薯片一边看偶像剧，被男女主角的感情感动得流泪了，突然门铃响了起来。

“丁零零——”

我跑过去开门，就看到了可怜兮兮地站在门口的菜心。

她那张圆乎乎的脸皱得像包子似的，一下子就冲过来抱住我，哭天喊地起来：“呜呜呜，小甜，我被退学了……”

“怎么会这样？为什么啊？”我惊讶地问。

我把菜心拉进了家里，又给她拿了饮料，安抚了她一会儿，她才跟我说起来：“都是因为北堂景，我得罪了他……”

原来菜心考进了北堂学院之后，一直很努力地学习。由于是贵族学校，很多女生家境都很好，因此排斥她，但她也没有太在意，也交到了一些不嫌弃她的朋友，过得也算风平浪静。直到有一天她被几个女生算计，以为陆莹莹故意把她去参加全国演讲比赛的名额换掉，忍不住去报复了她，但没想到北堂景代替陆莹莹遭了殃……

“不就是被浇了一桶水吗？他干吗让你退学？”听完，我忍不住愤愤不平地骂道，“什么‘神之子’，北堂景那个家伙果然是个睚眦必报、心胸狭隘的小人！”

“小甜，你怎么认识北堂景？”

菜心擦了擦眼泪，用奇怪的眼神看着我。

啊！

我差点儿忘记了，我一直都没有跟菜心说过我梦到漫画的事情，因为我觉得实在太诡异了，怕吓到菜心。

“你刚才不是和我说了吗？”我吐了吐舌头，心虚地回答。

“可是，我好像没有告诉你，北堂景有‘神之子’的称号啊……”

菜心疑惑地歪着头，好像在想自己说过的话。

“你，你说过！”我硬着头皮说道，怕她继续纠缠，赶紧转移话题，“既然你已经被退学了，也没有办法。我觉得那个北堂学院也没什么好的，反正你成绩那么好，去其他学校也是一样，你打算怎么办？”

“我打算……”

菜心的眼睛还是红红的，她似乎没想到我会这么说，脸色变了变，小心翼翼地看了看我，眼里闪过一丝不安。

“小……小甜，你不为我抱不平吗？”

菜心的问题让我一愣。

没错，如果是以前，按照我的性格，一定早就跳起来，为了菜心去找那个北堂景理论一番了，毕竟我是乌鸦嘴，我怕谁啊！

可是……

刚刚这个念头一闪过，就被我压了下来。

因为我发现，现在这个情况和梦里漫画书的内容很相似，除了菜心去整陆莹莹，北堂景却遭了殃这段，几乎所有的细节都一样。

两个星期前遇见北堂景的情景又在我眼前闪过，只是遇见仿佛从漫画里走出来的真人版北堂景就已经让我毛骨悚然了，更别说现在菜心的事情一一应验了，那本漫画就像一个魔咒一样。

所以，我下意识地想要逃避问题，并没有像漫画里那样挺身而出，打算去为菜心报仇。

“我当然为你感到不平啊，但是我再激动也没办法啊……”

我眼神闪烁，不敢直视菜心的眼睛。

“是啊。”

菜心失望地低下头，也不知道在想什么，只听见她小声地说：“怎么办？万一他生气就糟了。”

“谁生气啊？”我心不在焉，也没有深想就问道。

“我，我在说……”

菜心一下子憋红了脸，左顾右盼地掩饰，半天才说道：“我是怕万一北堂景生气了，不给我办理转学手续怎么办？”

“这个不会啦，他有什么权利不让你转学啊？”

我心里内疚得不行，总觉得自己这个好朋友当得不称职，连为朋友抱不平的勇气都没有。看到菜心这样，我只能不停地安慰她。

菜心，对不起！

跟菜心说了很久的话，她的心情似乎都不见好转，一直闷闷的好像有什么心事，一副欲言又止的样子。

看着平时活泼可爱的菜心失去了往日的风采，我的心里也很不是滋味。把她送走之后，我就去北堂学院的论坛注册了一个账号，发了一个帖子把北堂景骂了个狗血淋头，才觉得舒坦了一些。

结果第二天一看，那篇帖子下面全是为北堂景说话、骂我的回帖，有些用词还相当恶毒，气得我差点儿没吐血。

难道那个冰块的人气真的那么旺？

不过说起来，他的确长得很帅，那张脸比漫画里都要完美几分，但那又怎么样，反正我是绝对不会像漫画里那样，变成喜欢他的“恶毒女配角”的。

可是一个星期后，事情发生了转变。

那天老爸下班，拿着公文包笑眯眯地回到家里，对我和老妈说：“告诉你们一个好消息，我升职了！”

“真的吗？”

穿着围裙端着菜从厨房走出来的老妈喜出望外地说：“你都多少年没有升

职了，我们可要好好庆祝一下！”

“是啊，老爸，祝贺你。”

我也开心地抱了一下老爸，真心为他高兴。

“呵呵。”老爸摸了摸他的啤酒肚，拍了拍我的头，说道，“别急别急，我还有一个好消息，是给小甜的，你就要去北堂学院上学了！”

“什，什么？”

这个消息犹如晴天霹雳，让我半天没有缓过神来。

老妈两眼发光地说：“怎么回事？我们家小甜竟然可以去北堂学院上学，这是真的吗？”

“当然是真的。”

老爸一脸得意地把包放下，对着老妈一笑：“因为我升职了，公司念我这些年来的贡献，就给了我们一个子女就读北堂学院的名额。我已经想好了，我们一家刚好可以搬到东区那边，这样小甜读书、我上班都很方便……”

“等一下！”我赶紧打断了老爸的话，坚决地说，“我不会转学的，我绝对不要去北堂学院！”

似乎没想到我会这么反对，老爸老妈都愣住了。

“你这孩子，说什么呢？”老妈白了我一眼，嗔怪道，“多好的学校，你知道多少人削尖脑袋都进不去。再说了，菜心不是也在吗，你不想跟她一起上学吗？”

“菜心已经被退学了。”我郁闷地说。

“啊，什么时候的事？她怎么会被退学？”老妈惊讶地问。

“如果我告诉你们，我要是进了北堂学院，下场比菜心还要惨，你们还会让我去吗？”我有气无力地问。

我现在很害怕，心里七上八下的。

本来以为只要菜心转学，我忍住不去帮她抱打不平，就会渐渐远离北堂学院，远离北堂景，远离那本漫画里的我的命运。

“小甜，你在胡说八道些什么？让你去读书，说什么惨不惨的，晦气……”

老妈瞪了我一眼，转身去了厨房，还叫上老爸，完全没把我的话当一回事：“老公，你过来帮我端菜，别理这傻孩子。”

“哈哈。”老爸摸摸鼻子，哄小孩一般哄我道，“小甜心，不要闹脾气，老爸下个月给你买你喜欢的手办好不好？”

说完，他就进厨房帮老妈的忙了。

我正想跟过去，手机响了起来，是菜心打来的电话。

“喂！”

我刚接电话，那边就传来菜心的哭声：“呜呜呜，小甜，这回你一定要帮帮我，只有你能帮我了……”

“怎么了？”

我有一种不好的预感。

果然，我的预感是正确的。菜心被北堂学院退学，按理来说，她成绩一向不错，应该会有很多学校愿意接收她，但没想到家里帮她找了几所学校，一知道她是被北堂学院退学的，还有不良记录，都不愿意接受她，而现在最好的办法只有去找那个北堂景，让他帮忙销掉记录，不然菜心就上不了学。

“怎么会这样？没有别的办法吗？”我心存侥幸地问。

菜心一边哭，一边哽咽地回答我："没有了，我爸妈已经用了所有的方法，求也求了，礼也送了，就是没有学校愿意收留我。他们说除非档案上没有不良记录，不然我永远也别想再上学，呜呜呜……"

"你别哭了。"听到菜心的哭声，我捏了捏拳头，无奈地说，"我会帮你的，我正好要转学去北堂学院，我帮你去求北堂景……"

2

没错，我就是这么来到北堂学院的。

为了菜心，我也是没办法了，不然总不能看着她辍学，什么都不做吧？菜心为了跟我做朋友，每次被我的乌鸦嘴连累的时候，都笑嘻嘻地安慰我。我早就认定了她是我一辈子的好朋友，怎么可能不管她呢？

我满怀心思地来到教室，就连老师介绍我的时候，我也是心不在焉地跟同学们打着招呼。

"喂，新来的，今天早上你看到了吗？"

我的新同桌突然用手肘推了推我，让我回过神来。

"什么？"

我转过头去看她。

她扎了一个马尾辫，眼睛小小的，但是很有神，一看就是喜欢八卦的那种女生，只见她凑过来，小声说："听说早上北堂景被一个疯狂的女生袭击了，那个女生喜欢北堂景喜欢到发疯，看到他和陆莹莹在一起，就彻底抓狂，用凶器攻击了北堂景，打算跟他同归于尽。估计她是在想自己得不到也不想别人得到吧……”

她的想象力也太丰富了吧！

什么叫喜欢北堂景喜欢到发疯？我明明就是害怕他才不小心“攻击”了他的。

谣言真可怕，短短的时间里，竟然出现了这么不靠谱的杜撰，看她说得有模有样的，要不是我就是事件的女主角，我可能真信了。

“我告诉你啊。”同桌继续神秘兮兮地说，“她这回死定了，纪检部正在查这件事，放出风说只要看到那个凶手的脸就有奖赏呢，所以我才问你看到了没有，如果看到了，赶紧去领功……”

竟然还搞悬赏？

他们以为这是在古代吗？

不过，我真的吓出了一身冷汗，万一真有人看到我的脸怎么办？啊，对了，北堂景看到我的脸了！

怎么办？

这下根本就不需要悬赏，北堂景会直接来抓我吧。

我急得抓着笔在本子上乱画，脑海里猛地闪过一个念头。我想到漫画里的北堂景好像是个脸盲，当时我只是把书包放下来一秒钟左右，那个瞬间只看了我一眼，是不是就会忘记我长什么样子？

“那个……我转学来之前，听说北堂景是个脸盲，这件事是真的吗？”

我小心翼翼地向同桌打听着。

“是啊。”同桌瞥了我一眼，露出“这你都不知道”的鄙视眼神，“这件

事北堂学院的学生都知道，所以纪检部才没有去问北堂景，只是私底下发悬赏。”

“呵呵，我以前在西区读书，不知道这些。”我笑着回答。

哈哈哈……

北堂景竟然真的是脸盲，太好了！

但我也只是高兴了几秒，等反应过来就开始难过起来。

这个脸盲的设定都和漫画里一样，是不是说明我以后会像漫画里一样喜欢上北堂景？

我才不会喜欢北堂景那个冰窟窿呢！

反正只要我不喜欢他，菜心的事情解决了，我就转学，离开北堂学院，永远都见不到他，那漫画里后来的事也不可能发生了。

对，我干脆现在就去找北堂景，让他帮菜心销掉不良记录。

我做好了心理建设，硬着头皮去找北堂景。

吃完午饭后，我向同学们打听了半天，好不容易来到了他的办公室门口，却看到门是半开着的。

我正要敲门，却听到里面传来了对话……

“你说，你正在查是谁袭击了我？”

“是的，会长，我发出悬赏，但是并没有人看到那个凶手的真面目。校门口的监控录像也只是拍到她的侧面，不过我已经让技术部截图，打算放到公告栏里，让大家提供更多的线索，势必查出这个凶手……”

听到这里，我准备敲门的动作顿住了，转身要走。

可这时，北堂景已经看到了我，他冷冷的声音传来："鬼鬼祟祟地站在门口干什么？还不进来。"

我的脚步一顿，转过身去。

"我……"我吓得结巴起来，"我走错地方了。"

"走错了？"北堂景盯着我看了看，敲了敲办公桌，突然说，"你应该是学生会新来的成员吧。"

什么？

可北堂景完全不管我的反应，对着旁边那个凶神恶煞、一身肌肉的男生说："你把那个截图交给她吧，让她贴到公告栏上去，你就不用管这件事了，我自会有安排……"

"会长！"肌肉男不放心地看了看我，说，"这个丫头不是……"

他应该是想说我不是学生会成员，但转头看了一眼北堂景，像是想到了什么，憋着一股气忍住了，把手中的截图丢给我，沉声说："你等一下出去找宣传部的人，他们知道该怎么做。"

这家伙该不会是纪检部部长吧？

长得这么凶恶，和电影里面那些穿黑衣的保镖一样，仔细想一想，漫画里面没有出现过这个人，这是一个好的兆头啊。

"哦。"

我敷衍地回答，接过图，就迫不及待地看了起来。

天啊！

这个侧脸怎么看都像我啊！

我缩了缩脖子，心惊胆战地朝凶恶的纪检部部长看过去，见他并没有注意

到，我才松了一口气。

正打算走，又听见纪检部部长说："会长，这次绝不能就这么算了，你的额头都肿了，我一定不会放过那个凶手。"

我脚下一个踉跄，差点儿摔倒。

喂，大块头，你这口气我怎么听着那么别扭啊，你该不会对北堂景有什么特殊感情吧？

我转过头偷偷地瞄了北堂景一眼，他的额头上果然有一块瘀青，周围还有点儿红肿，我顿时心虚起来。

"我说了我自有安排。"北堂景一边说着，一边不经意地用余光扫了扫我，"反正那串袭击我的钥匙还在我手上，凶手说不定会自投罗网哦。"

不知道是不是我的错觉，我总觉得结尾的那个"哦"字和北堂景看我的眼神都有些意味深长。

他该不会发现是我砸了他吧？

不会吧，一个脸盲怎么可能那么快就认出我来？

我擦了擦额头上的冷汗，心想着还是赶快离开这里比较好，完全忘了我本来的目的是替菜心求情的。

"等等。"

可我的脚才跨出门口，就被北堂景喊住了。

"会长大人，您还有什么吩咐吗？"我僵硬地转过身，笑得很殷勤，伪装成他的手下——学生会的一员。

"把那个截图留下来吧。"北堂景眯了眯眼睛，高深莫测地看着我，吩咐道，"你也留下来，我这几天暂时需要一个助理，你就留下来帮我吧。"

“为什么？”

“为什么？”

我和纪检部部长几乎同时发声。

“因为我需要。”

北堂景不慌不忙地说着，可是声音已经冷下来了。

部长却不会看脸色，继续说道：“会长，你一向都不喜欢其他人留在办公室里的，怎么会让这个长得像肉包子一样的丫头留下来？我看她碍手碍脚的，什么都不会做……”

说完，他还嫌弃地看了我一眼。

肉包子？

我气呼呼地瞪他。

说我是肉包子，我还没说他长得像一块方形的石头呢！

“刘城，我不说第二次。”北堂景的脸上出现了不耐烦的表情，他皱起眉头看着大块头，“你要是没有事，我不介意给你多分配一点儿工作。”

这下，大块头总算是明白自己激怒北堂景了，赶紧老实地点头说：“我知道了。”

“出去吧。”

北堂景挥了挥手。

大块头不情不愿地出去了，走之前还不忘瞪我一眼，算是警告。

等大块头一走，北堂景就摆出一副慵懒的姿势，往椅子上靠了靠，指了指桌上的一堆资料说：“你坐那里吧，帮我把这些社团名单整理出来。”

“这么多？”

我看着那一堆资料，惊呆了。

“你不愿意吗？”

北堂景淡淡地问。

“愿意，当然愿意啦。”

我干笑着点头，抱过桌上的资料，坐到一旁的沙发上。

我怎么了？

竟然这么狗腿，一点儿出息都没有！

不过，留下来也不错！因为我已经看到了我的钥匙串，它被北堂景丢在茶几上，就在我触手可及的位置。

想到北堂景刚才说的话——

“我说了我自有安排。反正那串袭击我的钥匙还在我手上，凶手说不定会自投罗网哦。”

不行！

我一定要把钥匙拿回来！

说不定北堂景会有什么后招，万一通过钥匙把我查出来就糟了！

就这样，我留在了办公室，帮北堂景做事，眼睛时不时地看向那串钥匙，恨不得马上就把它偷到手。

机会来了！

我往北堂景那边看了一眼，发现他正在看书，于是我慢慢地伸出手。眼看着就要拿到钥匙了，钥匙却跳了起来。

“哗啦——”

钥匙落地的响声也很清脆。

我来不及想，就朝钥匙扑过去："你不要跑。"

然后，我以一种搞笑的姿势趴在了地板上，像一只青蛙一样，钥匙被我压在了手下。

我还没来得及窃喜，一个冷冷的声音就响起来。

"你这是在表演给我看吗？"

我彻底清醒过来。

天啊！

我好想找一个洞钻进去，我现在这个样子真是蠢极了！

一双黑色的皮鞋出现在我的眼前，我厚着脸皮抬起头，朝着居高临下地看着我的北堂景咧嘴一笑："呵呵，会长，我刚刚以为有人要偷这么重要的证物，就毫不犹豫地抓住了它。"

"是吗？我还以为你想偷呢。"

北堂景似笑非笑地看了我一眼，然后把手上的一根线收起，我手上的钥匙就这么被他拉到了手中。

我才发现，那串钥匙上面竟然绑了一根细线，不仔细看根本发现不了。

"北堂景！"

我顿时恼羞成怒。

太过分了！

他这不是在耍我吗？

"你想说什么？"

北堂景看着我，他的眼神让我一下子回过神。

对啊，我生气又怎么样呢？那样不就是告诉他，这串钥匙是我的，我就是

袭击他的凶手吗？

我这不是找死吗？

“你为什么会在钥匙上拴一根线啊？这样很奇怪。”

我摸了摸头发，讪笑着问。

“不奇怪。”北堂景拿起钥匙串，坐回椅子上，用一种颇有深意的眼神看了看我，“这根线就是为了钓那些愚蠢的青蛙。”

“你……”

不，我不能跟他生气。

我忍！

我装作什么都没有听到，笑着说道：“会长大人，你没有其他吩咐的话，我就继续工作了。”

虽然嘴上这么说，但我的怨气不断从心底涌起，不由得想到了自己的乌鸦嘴，便小声嘟囔道：“不是我恶毒，是这个家伙实在太可恨了，我就小小地诅咒他喝水呛到，给他一个教训就可以了……”

我一边慢慢地走向沙发，一边回头看向正拿着玻璃杯喝水的北堂景。

可是北堂景优雅地拿起玻璃杯喝了一口水后，就把玻璃杯放下了，整个过程一气呵成，别说呛到了，连根头发丝都没掉。

我完全傻眼了。

不可能！

我的乌鸦嘴百试百灵，从来没有失效过啊！

难道因为他是命中注定的男主角，所以一切灾难都可以避免？

要不要这么偏心啊！

“你在磨蹭什么？该不会在心里诅咒我吧？”

北堂景淡淡的声音传来。

我正在心里默默地流泪，指责上天“不公平”，却被抓了个正着。

我心虚地转过身，紧张地对北堂景摆了摆手，说道：“没，没什么，我马上工作！”

他该不会有读心术之类的超能力吧？

正在气头上的我，完全没注意刚才被我不小心从茶几上扫到地上的笔筒，就这么踩了上去，结果——

“小心。”

北堂景从椅子上站起来想要扶住我，可是已经来不及了，我往他的方向倒了过去。

就是这么巧，北堂景抱住了我，我们俩的嘴唇碰到了一起，以一种很暧昧的姿势倒在了椅子上。

我瞪大了眼睛，看着眼前放大的脸，嘴上传来冰凉的触感。一时间我的脑袋一片空白，忘了要推开他。

“景，你在……”

直到门被人推开，一个温柔的声音响起来。

我这才如梦初醒，猛地反应过来，从北堂景的身上飞快地爬了起来，就看到陆莹莹惨白的脸上写满了惊讶。

“不是你想的那样，你听我说……”我急忙喊道。

可是，我还没说完，陆莹莹就掉头跑了出去。

等一下……

刚才我说的那句话怎么想都觉得不对劲，那不是男主角该说的吗？

“喂，你不去追她，跟她解释清楚吗？”

我赶紧回头去看北堂景。

北堂景已经站了起来，他只是皱着眉头看了看门口，似乎根本没想过追出去。

“为什么要解释？”

北堂景一脸冷漠，一副事不关己的样子。

不对！

那是女主角啊！

“算了，你不去，我去！”

我看了看北堂景，衡量了一下，追了过去，却不想陆莹莹已经跑远了，我追了半天都没有追到。

3

“完了。”

我竟然当着陆莹莹的面和北堂景吻在一起了。

不是说好了，我只要求北堂景帮菜心把不良记录销掉，我就要远离北堂学院、远离北堂景吗？

现在是怎么回事？

我是不是把女主角得罪了，真的做了一回“恶毒女配角”做的事情？

呜呜，那可是我的初吻啊！

怎么可以在这种时候就这么没有了？

“咚咚咚。”

我郁闷地抱着路边的大树，惩罚似的用头狠狠地撞了几下树。

“啪嗒——”

就在这时，树上竟然掉下来一个人。

不！

应该说是掉下来一个美男。

那个美男穿着一身白色的衣服，白色的衬衣开了几颗扣子，露出好看的锁骨，再往上是他尖尖的下巴，柔和的脸部轮廓，让他的五官显得更精致；如月的眉，清澈的双眼，长长的睫毛，高挺的鼻梁，如樱花般的唇。这个男生简直就像是从天而降的天使，如果他长得不像我梦中那本漫画的男配角苏牧原的话……

“同学，你真是有趣。”

美男微笑地看着我，朝我走过来。

“不要过来。”我紧靠着大树，惊恐地喊道。

美男似乎没想到我会这么激动，抿嘴又是一笑：“我没有恶意，只是看你的额头有点儿红，需要我帮……”

“不需要！”我想也不想就打断他的话，急切地问道，“你叫什么名字？”

“我？”美男有些惊讶地指了指自己，然后友好地伸出一只手，“你好，我忘了自我介绍，我叫苏牧原。”

救命啊！

他真的叫苏牧原！

“啊啊啊——”

我抱着头，尖叫着转身就跑。

呜呜……

为什么我随随便便撞个树，都能撞出个男配角来？

要知道在漫画里，他可是女主角陆莹莹的“忠犬”，漫画里的我最后那么惨，他就是幕后推波助澜的人。

不就是看陆莹莹伤心，他心疼吗，有必要那么残忍吗？竟然还让人把漫画里的“我”引到马蜂窝下，害“我”差点儿被毁容。

想着全身就痛！

这时候的我已经完全把自己代入了漫画里，满脑子都是苏牧原怎么对付“我”的画面，简直太凶残了！

长着一副天使的面孔，迷惑了所有的人，我才不会上当呢！

哼！

怎么办？

漫画里的人物一个又一个地出现在现实里，我已经不知道接下来还会发生什么了，我还要继续欺骗自己，说一切都是巧合吗？

这巧合也太巧了吧？

还是……

那本漫画就是一本预言书，预示着我们的未来？

等我恍恍惚惚地回到教室，下午的课已经开始了。

八卦的同桌又开始跟我说她的收获，说是纪检部已经收回了找凶手的悬赏，好像是北堂景已经设下陷阱等凶手自投罗网……

“是吗？北堂景好厉害。”

我心虚地抹了抹汗。

“我再告诉你一个小道消息。”同桌凑到我的耳边，幸灾乐祸地说道，“听说陆莹莹失宠了，有人看到她哭着从学生会大楼跑出来了……”

“呵呵，怎么会。”

我勉强扯了扯嘴角，附和着。

“怎么不会？”同桌露出神秘兮兮的表情，朝我眨眼，“据说北堂景好像在办公室里藏了另一个女生，正在和那个女生约会，却被陆莹莹撞了个正着……”

我顿时心里一惊。

“不，不会吧，有人看到了？”我结结巴巴地问道。

一想到自己不小心和北堂景接吻的那一幕被其他人看到了，我就感觉浑身的汗毛都竖起来了。

“我也不知道，不过陆莹莹会哭，也就八九不离十吧。”同桌很不负责任地说道。

吓死我了！

不过，北堂景是脸盲，那个大块头纪检部部长可不是，他会不会把我在那里的消息告诉别人呢？

但是怎么看他都不像是那种八卦又多事的人啊。

我心不在焉地去抽屉里摸课本，却摸到一个我意想不到的东西。听到“哗啦哗啦”的响声，我赶紧把东西拿了出来。

我的钥匙！

这下我可是真的吓得不轻。

为什么钥匙会出现在我的抽屉里？难道是北堂景送过来的？那不是代表他知道了我就是“袭击”他的人？

我赶紧看了看周围，大家都没什么异样。

“有人来找过我吗？”我不动声色地问同桌。

同桌正在做上课笔记，头也没抬地回答道：“没有人找过你啊。”

也对，如果北堂景真的来过我们班的话，同桌早就对我嚷嚷了，不可能还表现得这么冷静。

那这串钥匙是怎么回事？

我看了看手中的钥匙，上面并没有缠丝线，就好像它一直没有离开过我一样，这让我怀疑自己是不是做了一场梦。

我倒是希望自己真的在做梦呢！

想到这里，我伸手在自己的脸上捏了一下。

啊！

痛死了！

我揉了揉自己被捏痛的脸，又看了看讲台上的老师，以及讲台上贴的北堂学院的校徽，终于接受了现实。

不过，现实未免也太残酷了。放学回家的时候，我竟然又碰到了苏牧原，还有陆莹莹。

本来我是想着北堂景他家的车肯定是在校门口接他，为了避免遇见，我选择了从学校后门走，哪知道不小心在后门的树林里撞到了这一幕……

“莹莹，你们家的情况好些了吗？”

“还是那样，爷爷说，如果不是现在还有北堂集团注入资金，陆家早就垮了。可是我并不想欠他太多，这样我们的关系就再也不对等了。我害怕景有一天会厌烦我、讨厌我，这些天他对我都很冷淡……”

“你不要这么想，我们三人一直都是好朋友，我相信景不会厌烦你的，你也知道他就是那样的性格。”

“我知道，可是……”

陆莹莹的眼睛变得通红，眼泪唰唰地掉下来，而苏牧原则是一脸心疼地将她搂入怀中。

樱花从他们的头顶落下，一点点地散落在他们的头上、肩上，还有草地上。

哇！

这唯美的偶像剧画风！

可惜啊，苏牧原，你只是个男配角，陆莹莹不会喜欢你的。

我摇了摇头，转身就想走，就在这个时候，身后却传来了一个冷冷的声音：“站住，看得很欢快嘛。”

听到这个声音，打死我都不想回过头。

我迅速地往后一瞟，果然看到北堂景站在离苏牧原和陆莹莹不远的地方。而那两个人看到北堂景出现，迅速地分开了。

我是不是不应该出现在这里？

你们的三角恋情关我什么事？北堂景，你能不能敬业一点儿，专心当你的男主角，让我愉快地消失不行吗？

反正这个时候绝对不能掺和进去！

我用力地点了点头，表示对自己的肯定后，做了一个今天我一整天都在做的事，那就是逃跑。

我几乎是用光速逃离现场的。

生怕被人抓住，我头也不回地往人多的地方跑去，将身后那寂静的树林留给了主角们。

再见！

麻烦你们不要想念我！

你们该怎么相爱相杀，该怎么恩怨情仇，就好好地去演吧！我这个“恶毒女配角”有多远就滚多远，绝不会打扰你们的！

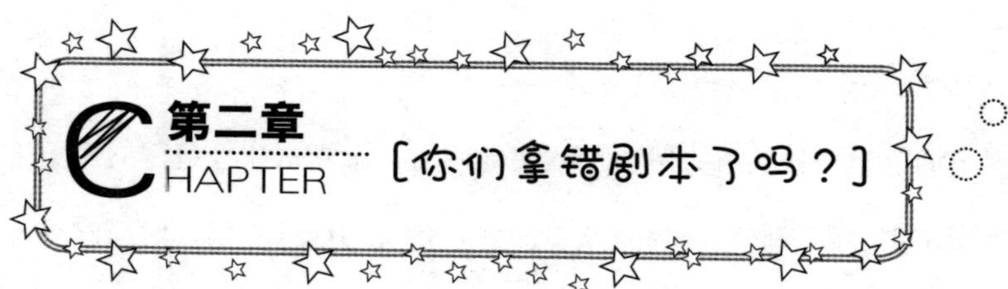

# 第二章 CHAPTER [你们拿错剧本了吗？]

1

叽叽喳喳……

树上的麻雀在枝头跳来跳去，欢快地叫着，阳光从树枝缝隙间洒下来，在草地上留下斑驳的光影。就连草丛里的蚱蜢仿佛心情都不错，时不时地撩起我的鞋带，在上面荡起秋千来。

但是，我只能沮丧地低着头，躲在树后。

“好痒。”

我抓了抓由于穿着校服短裙而裸露在外面的小腿，心里把不远处悠闲地站着跟人聊天的北堂景又诅咒了一遍。

到底有完没完啊！

男主大人，你的设定不是冷酷狂霸吗？什么时候变成话痨了？

自从那天意外地和北堂景吻在一起，又在树林里不小心遇到他们三个人后，我的心就一直没有安定过。虽然他有轻微的脸盲症，但陆莹莹是认得出我的，她要是跟北堂景一说，他肯定会来找我麻烦的，正如漫画里的那个北堂景一样——

他是一个睚眦必报、冷酷到任何情面都不讲的人。

所以，他才能在北堂学院树立威信，让所有人都臣服于他，好像他就是这校园里唯一的王者。

不过出乎我的意料，北堂景竟然一点儿动静都没有。

难道陆莹莹没有告诉他？

虽然什么都没有发生，但我丝毫没有放松警惕。这几天为了躲北堂景，我的眼睛自动开启了七级危险防御，别说是他的背影了，只要看到他的衣角，我转身就跑，恨不得离他几千米远才好……

人家不来找麻烦，我总不可能自己撞上去吧。

而且，我已经决定不掺和进他们的三角关系，也不想变成推进剧情的“恶毒女配角”，所以我见着几人都是绕道走的。

可今天的运气不知道是不是太差，明明看到北堂景的车已经开出了校门口，刚放松了警惕，却在这个时候跟他撞个正着。

情急之下，我就跳进了树后的草丛，打算等他走了再出去，哪知道他竟然跟人聊起天来了。

这画风明显不对啊！

你没看到对面的那位同学已经满脸大汗了吗？

我同情地摇了摇头，又微微探出头朝另一边看过去。相比对面同学的紧张，北堂景好像一副不关心的模样，在说着自己想要说的话。

他完美的侧脸在逆光的阴影下，显得更加立体，好像真的从漫画里走出来

一般……

我不由得看呆了。

田小甜，你花痴什么呢？

你这是要变成恶毒女配角吗？疯狂地爱上男主大人，然后被他不屑一顾地伤害吗？

啊啊啊——

不可以！

绝对不可以！

我用力地拍了拍自己的脸，想让自己清醒过来，结果一巴掌下去，清脆的声音响起来。

这下我可是逃不了了。

北堂景要是听不到这声音，那他就不是脸盲，而是聋子了。

果然，听到声响，不远处两个“相谈甚欢”的人转过头，朝我的方向看过来，北堂景冷冷的声音也传了过来。

“是谁躲在那里？”

我吓得浑身颤抖了一下，不由自主地往前走了一步，嘴里喊道：“那个……你听我说，我绝对没有在偷听你们讲话！”

我只是为了躲你而已！

当然，我还是有一丝理智存在的，不然这话要是真的说了，北堂景肯定记住我了，而被他记住，绝对没有什么好事。

可能是太害怕的原因，我竟然产生了错觉，我看到北堂景的嘴角勾起了一个小小的弧度，似乎在笑。

“那你躲在那里干什么？”

他盯着我，不再是面无表情，反而饶有兴趣地看着我。

天啊！

这是危险的信号！

漫画里，每当他露出这种表情，比冷漠的时候还要可怕，因为这代表那个人就要遭殃了，我比谁都清楚。

“对不起！”

我对着北堂景鞠了一个躬，想都没想转身就跑。

不跑就是傻子！

北堂景这个家伙是个脸盲，我如果跑了，他也记不住我，说不定过一会儿就把我忘了。如果我还站在那里，肯定不会有什么好事。

为了彻底摆脱北堂景，我还绕道跑了几圈，可没想到刚准备松一口气，却听见不远处传来“咔嚓”一声。

谁在拍照？

我慌张地看过去，就看到苏牧原拿着相机，对着我又拍了一张。

“同学，我们又见面了，如果你不介意的话……”

苏牧原拍完，收起相机，微笑着走过来。阳光下，他的笑容那么美好，柳树的枝丫垂下来，从他的耳边轻轻掠过。

美好得就像一幅画……

可惜他是苏牧原！

我没有心情去欣赏，看到他朝我走过来的一瞬间，我转身往后跑。刚转过身，我就猛地撞到了一堵“肉墙”。

“哎呀！”

我被这么一撞，不由得向后倒去。

一只手从我身侧伸了过来，一把揽住了我，还顺势将我往怀里一搂，于是我撞进一个温暖的怀抱。

“谢谢……”

惊魂未定的我抬起头道谢，看到的却是北堂景那张冷漠的脸，当下吓得不轻，不由自主地挣扎起来。

我的挣扎让北堂景的眉头深深皱起来，似乎想了一下，他才放开了我。可我没有料到他这么爽快，完全没准备好。

他一放开，我就一屁股坐在了地上。

“啊——”

我痛得喊出声来。

可我哪里还顾得上摔痛的屁股，坐在地上用手蒙住了脸，大声喊道：“你不认识我，你肯定不认识我！”

“你是谁？我当然不认识你。”

北堂景的声音很冷淡，好像真的没有见过我似的。

我忽然很庆幸，眼前的家伙是脸盲。我放开手，咧嘴笑道：“哈哈，我什么都不是。会长大人，你当然不认识我这种小人物，最好以后也不要认识我……我先走了，你们慢慢聊……”

说完，我拍拍屁股就想走。

“站住。”

刚走了几步，就被北堂景喊住了。

虽然我很想故技重施，像刚才那样跑掉，但北堂景好像看出了我的意图，慢悠悠地说道：“牧原，你刚才是不是拍到她了？”

这是什么意思？

还好我也不傻，马上就明白过来，他这是在暗地里提醒我，苏牧原刚才拍到我的照片，就算他脸盲，通过照片找到我也是轻而易举的。

他该不会是在威胁我吧？

不是我想多了，而是我觉得北堂景真的就是这个意思。

听到北堂景的话，苏牧原举起相机，对着他笑了笑，说：“是啊，我刚才在拍一些校庆需要的照片，这位同学无意中闯进了我的视线，她慌张的表情实在太可爱了，所以我不自觉地拍了下来……”

“过来。”北堂景看到我停下，轻笑了一声，用命令的口吻说道，“校庆要拍宣传照，正好今天我有时间，你又刚好是个女生，既然苏牧原觉得你还不错，你就跟我随便拍一张作为宣传照好了。”

“什么？”

我惊讶地回过头。

拜托！

校庆宣传照这么随便可以吗？什么叫我刚好是个女生？这种发展感情线的事情，你还是去找陆莹莹吧。

尤其是刚刚北堂景的那一声轻笑，简直让我后背发凉啊。

他不会认出我是偷听的人了吧？

他这是为了整我，才叫我跟他一起拍宣传照的吧？肯定是这样，以他在学校的影响力，跟我一个不起眼的女生拍了宣传照，那以后我还不得被那些把他当成神一样崇拜的女生当作靶子啊。

果然是一条毒计！

我暗暗地给了他一个“你怎么那么恶毒”的眼神，没想被他抓个正着，北堂景忽然勾唇一笑。

我愣住了。

北堂景笑了！

他的笑容竟然比漫画里描绘的还要好看，他这一笑，他身后的樱花都仿佛变成了背景，衬托出他的美好。

“你是不是不愿意？”北堂景忽然问道。

“没，没有啊。”

我还沉浸在他的笑容中，所以想都没想就摇头了，等反应过来自己说了什么的时候，我简直想咬掉自己的舌头。

天啊，我竟然中了“美人计”！

“可是我怕你啊……”

懊悔中的我几乎脱口而出，我看到北堂景的笑容一下子僵住，换上了冷漠的表情。

顿时，气氛变得尴尬起来。

一直站在一边没有说话的苏牧原站了出来，他好笑地看着北堂景，说：“景，她也算是第一个敢当着你的面说实话的人，就看在勇气可嘉的分上，我想你也不会跟她计较。你看看，她吓得快哭出来了……”

北堂景听了他的话，脸色并没有缓和多少，但总算出声了：“的确勇气可嘉，我当然不会跟她计较，我还要奖励她。”

我什么奖励都不要，我只想走啊！

而且我也不傻，他那“奖励”两个字说出来，语调都不一样，可想而知不会是什么好事情。

果然，北堂景顿了顿后，说道：“跟我一起拍宣传照，这就是最大的奖励。”

说完，他一把将我拉到他的身边，右手自然地搭在我的肩膀上，对还在惊讶中的苏牧原命令道：“赶快拍，我还有很多事要做。”

在北堂景碰到我的一瞬间，我全身都僵硬起来。

他不是在开玩笑？

我没想到，北堂景这家伙真的这么随便，在路边抓一个人就打算拍校庆宣传照，可见他真的像漫画里那样很讨厌拍照。

那也不能找我拍啊！

可我已经不敢再说拒绝的话，刚才没忍住说了实话，就差点儿惹到他，我现在哪里还敢说话。

苏牧原的表情也好不到哪里去。

“怎么还不拍？”北堂景见他拿着相机站在那里不动，有些不耐烦了，

"我只给你这一次机会，如果你不拍，那么校庆宣传照你就只能去找其他人拍。"

"我当然想拍。"他一脸窘迫地看着我和北堂景，无奈地摇了摇头，"可是，你们两个人这样站着也太僵硬了，还有，表情能自然一点儿吗？"

苏牧原这么一说，北堂景偏过头瞥了我一眼。

"真麻烦。"

北堂景哼了一声后，将我往旁边的树下一推，一只手按在我的肩膀上，一只手放在树干上，把我圈在他和树之间。

整个过程如行云流水般，而我则是受到了很大的惊吓。

"你，你不要乱来啊……"

我还没来得及说完，北堂景按在我肩膀上的手猛地捧住了我的右脸颊，而他的脸一点点地朝我接近。

他该不会想要……

本来以为北堂景把我推到树上是想打我呢，这莫名其妙的暧昧气氛让我不由得瞪大了眼睛，屏住了呼吸。

"咔嚓——"

这时，相机拍照的声音响起来。

我惊醒过来，正要推开北堂景，他却先一步放开了我，对苏牧原问道："拍好了吧？拍好了我就走了。"

呃？

刚才北堂景是为了让苏牧原拍照，才那样对我的吗？可是，校庆宣传照拍成这样真的可以吗？

可能是看出我的疑惑，苏牧原笑着说："这期校庆的主题就是爱，所以你们的照片正好合适。景，你刚刚的眼神真是完美诠释了主题……"

爱什么啊！

北堂景刚才的眼神明明是要把我吃了好吗！我跟他之间哪里来的爱啊，他连我叫什么都不知道吧！

而且，他跟陆莹莹才是一对好吗！

苏牧原，你自己喜欢陆莹莹，就随便乱说，该不会是为了自己的私心吧？是想要把我推给北堂景，你好得到陆莹莹是吧？

可惜啊，你只是一个男配角。

虽然我到现在还是不相信漫画是真的，但我也看得出来那个陆莹莹更喜欢北堂景，就算她现在还不知道自己的感情，以后也会慢慢发现的。

所以，苏牧原，你就死心吧！

我在心里不停地想着，还暗地里翻了无数个白眼，完全错过了北堂景眼中一闪而过的笑意，还有他脸上可疑的红晕。

2

自从跟北堂景拍了照以后，我就一直处在恐慌之中。

别说替菜心去求情了，我连见都怕见到他。

从小到大我胆子虽然不大，看恐怖片的时候也会吓得尖叫，但是真的怕过什么人，也是没有过的事。可是我从心底对北堂景产生了恐惧，不光是漫画的关系，还有跟他相处的时候，他从内到外散发出来的压迫感，那种冷漠的气息让我不由得想要逃离。

北堂景就是一个危险的家伙！

宣传海报没几天就出来了，幸好海报上的我只露了半边脸，还被北堂景的手挡住了一半，所以大家并没有认出来那就是我。不过学校论坛里早就炸开了锅，很多人都在猜测那个女生是谁，为什么不是陆莹莹。

在这种情况下，我要是再跟北堂景出现在一个画面里，那就等于是找死。为了躲他，我几乎每天都老老实实地待在教室里，放学后撒腿就跑，免得一个不小心就遇到北堂景。

“呼——”

我拍了拍胸脯，看着从校门口开走的轿车，庆幸自己早走一步，不然就要和北堂景相遇了。

“甜甜，你终于放学了。”

忽然，有人从身后拍了一下我的肩膀，吓得我的魂都快没了。

我转过身，无奈地看着用书包挡着脸的菜心，说道：“死丫头，你知不知道，人吓人真的会吓死人啊。”

“对不起，可是我……”菜心停顿了一下，脸上露出伤心的表情，“可是我实在没有办法了，才不得不来找你的，甜甜……”

“怎么了？”我担心地问。

菜心竟然跑到学校门口来等我，肯定有很重要的事！

“我……”

菜心犹犹豫豫的，张了张嘴，什么也没说出来，只是看着我，那张圆乎乎的小脸皱成一团，让我看了心疼。

只见她一直四处张望，像是害怕别人看见她，我马上明白过来：“我知道了，我们先离开这里。”

我可还记得菜心是被逼着离开北堂学院的，万一哪个好事的家伙看到她，说不定还会来找她的麻烦呢！

想到这里，我对北堂景又多了一分讨厌。哼，不就是因为菜心不小心让陆莹莹出丑了吗，又不是故意的，而且菜心还被记大过了，这还不够，竟然逼着她退学，怎么想都觉得很过分。

我拉着菜心，一路来到离学校远一点儿的奶茶店。

我们一人买了一杯奶茶，找了一个偏僻的角落坐下，菜心才扭扭捏捏地开口说道：“我已经找到学校愿意接受我了。”

“啊，真的吗？”我兴奋地握住她的手，开心地说道，“那太好了，这样我就可以离开北堂学院了，你不知道那个北堂景……”

呃？

为什么菜心看上去一点儿也不高兴？

可我马上又觉察到不对劲，停了下来，打量了一下菜心，说道：“不对啊，既然你找到学校了，那你怎么还一脸不开心？难道出了什么问题？”

“嗯。”菜心咬着嘴唇，低着头小声说道，“我爸妈找了很多关系，隐瞒

了我被北堂学院记大过处分的事情，可今天学校的老师说，让我赶快把档案转过去，不然学校没有入学记录，就会取消学籍……”

“什么？那怎么办？”

我着急起来。

“我也不知道。”菜心拉了拉我的手，拽得很紧，“如果学校发现我被北堂学院记了大过，肯定会让我退学的。你也知道北堂学院的影响力，跟其他小学校是不能比的……”

所以，绕来绕去，菜心还是得销掉档案上的不良记录才行，不然她随时有被退学的可能，毕竟没有学校肯接收被北堂学院退学的学生。

“不要担心。”看着全身都充满负能量的菜心，我只想让她安心下来，于是说道，“其实我已经和北堂景认识了……”

“是吗？这么快？”菜心睁大了眼睛，期盼地问。

“呃……”我咽了咽口水，眼神飘忽不定，“嗯，是的，不信的话你可以看北堂学院的校庆海报啊，我和他还拍了宣传照呢……”

“天啊，你竟然和北堂景拍了宣传照，他都没跟我说……”

菜心惊得一拍桌子，站了起来，可能是觉得自己说话太大声了，马上捂住了嘴，又坐了回去。

不过，她刚才说的话似乎有点儿问题。

“你说他没跟你说什么？你们俩难道有联系？”我疑惑地问。

“怎么可能？”菜心的眼珠子滴溜溜地一转，笑着说，“我的意思是，北堂景那么讨厌拍照，他都没跟我说过几句话，平时连话都懒得跟别人说，竟然会跟你拍宣传照，是不是表示他对你很特殊啊……”

“喂，死丫头，你说什么呢！”我朝她翻了一个白眼，闷闷地说，“你别说宣传照了，我这几天担心死了，万一被人发现跟他一起拍照的女生是我，我就倒大霉了。所以这几天我躲着他，免得被别人看出什么……”

“甜甜……”

菜心一脸哀伤地看着我。

我心软下来，连忙拍了拍她的手，说道：“你不要这样，你暂时回去拖一阵子，我一定会找到机会帮你求北堂景的！”

“谢谢你，甜甜。”菜心感动地握住我的手，眼泪都流了出来，“我就知道你会帮我的，我相信你会做到，因为你最好了。”

看到如此相信我的菜心，我顿时觉得很愧疚。

是啊，我怎么可以这么没有担当，既然决定了要帮菜心，怎么可以只考虑到自己，想要退缩呢？

对了！

过几天就是北堂学院的周年庆，到时候会有一个化装舞会，不但可以装扮成各种角色，还可以戴面具。

我要是在那天假扮成陆莹莹的模样去求北堂景，他肯定会答应我，等菜心的事情解决了，我就可以马上离开北堂学院这个是非之地了。

想想都有一点儿激动呢！

北堂学院一年一度的校庆，前夕的化装舞会也是大家最期待的。

舞会这天，不但会有来自各地的名厨提供的美食，还有各种抽奖活动，其中最重要的就是当天抽到舞会公主的女生会和北堂景跳最后一支舞。

据说去年的舞会公主就是陆莹莹。

听到这个消息，我有些无语，随便在全校的女生里一抽，就抽中了陆莹莹，这概率是有多大啊，用脚指头想一想都知道有人在作弊啦！

而那个作弊的人肯定就是北堂景了，不然谁还有那个权利和胆子，敢在北堂景的眼皮底下做这件事？

不过……

这个消息对我来说绝对是个好消息！

北堂景那种性格，竟然会作弊让陆莹莹跟自己跳舞，那他应该和漫画里一样是喜欢陆莹莹的吧。

那我假扮成陆莹莹，跟他求情，他百分之百会答应吧。怎么说北堂景也是为了陆莹莹才对付菜心的，那么“善良”的陆莹莹为菜心求情也不会引起他的怀疑。

于是，我查了陆莹莹的微博，选了一条跟她去年七夕晚会时穿的白色公主裙一模一样的裙子，又戴了一个面具遮住自己的脸。我压住嗓子练习了几遍陆莹莹的声音后，充满斗志地去了舞会。

舞会是在北堂学院最大的礼堂举行的。

轻柔的音乐在礼堂里回荡，里面早已挤满了人，我也不往那些人头攒动的地方去，就往偏僻的角落转，果然很快就找到了北堂景。

北堂景几乎什么装扮都没弄。

他穿着一套黑色的小西装，象征性地披了一件披风，站在窗边，端着一杯红酒微微晃动着，似乎完全没有理会周围。从远处一看，俨然是中世纪的吸血鬼王子，优雅又透着危险。

而现实也是这样，没有人敢靠近他。

这个打扮……

怎么和漫画开头男主角第一次出现的时候那么像呢？

我的脑子有点儿短路，本来要走近他的脚步不由得放慢了，心里一惊，忽然想到漫画开头的场景不正是一场化装舞会吗？

从我来到北堂学院开始，虽然一直遇到北堂景，也发生了一些小插曲，但是好像一直都没有经历过漫画里该有的情节。我也渐渐觉得梦里的漫画可能只是一个巧合，同时也不停地安慰自己，让自己不要恐惧。

但现在是怎么回事？为什么北堂景的装扮会和漫画里一样？

接下来还会发生什么？

我要不要放弃？

不行！

我不能就这么退缩！

管它什么漫画呢，只要我把握住这次机会，求北堂景销掉菜心的不良记录，我就永远都不用再见到他了。

我做好心理准备，刚要走过去，却被一个人拦住了。

“对不起，你是田小甜吧？”

甜美的声音响起来。

我透过面具看过去，就见到同样穿着一身白色连衣裙，背后还戴着一对可爱天使翅膀的陆莹莹。

对于她的装扮，我又是一阵不安。

天使装多么纯洁无瑕，漫画的开头她不正是穿着这一身吗？可惜一开始就被甩了几个巴掌，脸肿得像个馒头，看着让人心疼。

但是，现在她的脸白白嫩嫩的，并没有被人甩巴掌，反而在灯光的映照下，更像一个美丽动人的小天使。

“小天使”正对着我露出如小鹿般惴惴不安的眼神，不停地绞动着手指，紧抿着嘴唇，看得我一阵心慌。

“我是，请问你找我有什么事吗？”

我撇了撇嘴。

戴了面具她都能认出我来，难道她很熟悉我？我看，八成是那天看到我不小心和北堂景亲吻的画面，所以受到了刺激。

不过，在漫画里，这个时候她应该还没意识到自己喜欢北堂景吧。

“那天那串钥匙是我叫人放到你课桌里的，我知道你是袭击景的人，但是你不要误会我，我会帮你保密的，只要你……”

陆莹莹愣了愣，似乎非常纠结。

“只要我怎么样？”

我盯着她。

原来那串钥匙是她拿给我的，害我还害怕了好几天，但听她说的这些话，我怎么听出了一丝威胁的味道？

这陆莹莹和漫画里的那个小天使有点儿不一样啊。

嘿嘿！

这样更好，说明漫画里的事情也不一定会发生。

陆莹莹纠结了半天，才一脸真诚地看着我，说道："小甜，我真的是为了你好，你不要再接近景了，如果让他认出你就糟糕了。因为景对让自己丢脸的人毫不手软，所以你会很惨的……"

小甜？

我跟你很熟吗？

我忍住想要翻白眼的冲动，在心里对自己说，不管漫画里的事情会不会发生，我还是得小心，陆莹莹怎么说也是女主角，不能得罪女主角。

"我当然不想接近北堂景。"我叹了一口气，表示自己的无奈，对她说道，"你放心，我只是有件事要找他帮忙，完成这件事，我就会离开北堂学院的……"

奇怪，我干吗要向她保证啊？

难道潜意识里，我还是怕她担心我会喜欢上北堂景？

"可是你跟景……"

陆莹莹还要追问什么，一个女生走了过来，一边拉她走一边说："莹莹，你在这里说什么呢？苏牧原在找你呢！"

说着，她也不管陆莹莹愿不愿意，就拖着她走远了。

我站在原处，看着陆莹莹走远的身影，歪着头想了想："那个女生也很熟悉啊，漫画里出现过吗？"

算了，好像没什么印象。

漫画只在我的梦里出现，那些配角的脸我怎么可能记住，唯一能记得清楚的大概也只有几个重要的配角以及一些重要的情节。

北堂景呢？

我朝窗边看过去，发现他已经不在那里了，正发愁，却看到他拿着酒杯已经走到了另一边。

不要走啊！

我生怕他会离开，赶紧朝他走过去。

等走到他面前，我才紧张起来。可这个时候，他已经注意到我。看到我朝他走近，他皱起了眉头。

“怎么是这条裙子？”

北堂景一副很嫌弃的样子，听得我一愣。

他真的把我当成陆莹莹了吗？

在他的目光下，我本来计划好要说的话怎么都说不出来了。

呜呜……

多么好的机会啊，错过多可惜啊！

“你想说什么？”

可能我欲言又止的样子被北堂景发现了，他很“善解人意”地问我。当然，我知道这个善解人意是只对陆莹莹才有的。

但他越是这样，我越是说不出来。

这时，我看到了旁边的长桌上摆放的碳酸饮料。为了壮胆，也为了缓解喉咙的不适，我拿起杯子一口倒了下去。

天啊！这饮料怎么这么辣？

“噗——”

我猛地一喷，全喷到了北堂景的身上。

3

看着北堂景白色的衬衣和西装外套上都是辣椒粉和汽水的混合物，还散发出刺鼻的气味，我当场就石化了。

天啦，我做了什么？

眼见北堂景的眉头皱了起来，脸也黑了下去，我完全忘记了自尊心这种东西，跪下来就抱住了他的大腿。

“男主大人，我不是故意的，你放过我吧！”

我激动地哭起来。

到底是哪个杀千刀的在可乐里面放了芥末和辣椒粉啊？不过是个化装舞会，又不是愚人节！

简直害惨我了！

北堂景像是想了很久，才问道：“你不是莹莹，你是谁？”

和刚才误会我是陆莹莹时截然不同的语气让我紧张起来，我小声地说：“我又没说我是你的莹莹……”

也不知道是不是我的话被他听见了，他的身体明显颤抖了一下。

然后我又听到他咬牙切齿地说道：“你先放开我。”

短短的五个字里似乎带着威胁，还有不耐烦。

我的眼泪顿时被吓得收了回去，但我还是很有“骨气”地没放手。

“我不放，如果你不原谅我，我就抱着你的大腿不起来……”

这时候，已经有几个人注意到这边的情况，看了过来。

可是没有一个人敢站出来帮我说话，都只是远远地看着，因为大家都知道，惹恼了北堂景不会有什么好下场。

这一点没有人比我更清楚。

“你在威胁我吗？”

北堂景的声音很轻，但传入我耳中犹如惊雷。

“没，没有，绝对没有，借给我一百个胆子我也不敢这么做啊。我的小命只有这么一条，我很珍惜的……”

我这么说着，眼角的余光瞥向别的地方。

那边没多远就是礼堂的出口，我现在戴着面具，北堂景根本不知道我是谁，也没有人认识我，如果我趁机就这么跑了……

然而就在这个时候，北堂景忽然蹲了下来，在我还没来得及防御的时候，一把掀开了我脸上的面具。

恰好礼堂的一束灯光打在了我的脸上。

“啊——”我尖叫了一声，喊道，“你看不见我，看不见我！”

说完，我想故技重施，拉起一旁的桌布挡住我的脸。

然而北堂景好像看穿了我的想法，一只手捏住了我的下巴，将我从地上拉了起来。

“你，你想干吗？”

下巴被他捏着，我只感觉全身发抖。

“喂，你不要乱来啊，虽然你是男主大人，但不代表我一定要被你欺负啊，女配角也是有尊严的……”

“没想到……”

他盯着我看了半天，紧皱的眉头慢慢地舒展开来，好笑地看着我，松开手，喃喃地说道：“没想到你比我想象的还有趣……”

咦？

他这话什么意思？说得好像他很了解我一样，作为一个脸盲，你就不要装了！

不过，他这么说是不是表示他没有生气？

“哈哈，那我可以……”

我谄媚地笑着，试探着后退了一步。

“可以。”

得到北堂景的回答，我恨不得马上麻溜地跑开，可北堂景冷冷的声音又响了起来：“虽然你用了这么愚蠢的方法，但我不得不承认你成功地引起我的注意了。既然你那么想接近我，我就给你这个机会……”

什么？

我哭笑不得地看着他。

北堂景竟然以为我跟那些花痴女一样，是为了引起他的注意才这么做的……

拜托，如果可以的话，我巴不得离你十万八千里远，跟你老死不相往来。

没想到这家伙看起来冷冰冰的，却是个自恋狂！

“那个……我想你误会了，我真的没有……”

我忙着解释。

可北堂景好像没听见我说的话，下一秒就将我提了起来，没错，就是提了起来，以他一米八八的身高，我这才有了和他平视的机会。

“这次我就大发慈悲，把衣服赏给你洗了……”

他低沉的声音响起来。

“啊？”

被他忽然提到半空中，我一时惊慌，完全愣住了。

他的意思……

我回过神，猛地撞进他漆黑的眼眸里，不知道是不是我眼花，我在里面看到了一丝笑意。等我眨了眨眼再看时，只剩下一片深不可测。

果然是错觉！

“竟然高兴得傻掉了？”北堂景若有所思地看了我一眼，用空出来的左手摸了摸下巴，淡淡地说，“看来你真的很喜欢我啊……”

喂！

不是吧，你从哪里看出来的？

我彻底清醒过来，差点儿就哭出来。

“北堂景，真的不是你想的那样，我真的不是故意的，我也不知道可乐里面还有其他东西……”

我发誓，我绝对不喜欢你！

开玩笑，为了摆脱漫画里变成恶毒女配角的命运，我有多努力想要远离你。如果不是为了菜心，我恨不得跑到火星去，离你越远越好……

哪知道听我这么一说，北堂景的眉毛一挑，脸一下子就黑了：“你是因为不喜欢我才弄脏我的衣服的？”

“对，不喜欢，我一点儿都不……”

呃？

气氛好像不对啊！

眼见着北堂景的脸上乌云密布，我很识相地露出了谄媚的笑容：“哈哈，我怎么可能不喜欢你呢？北堂少爷，你长得又高又帅，随便往哪个地方一站就能拍出一套写真来，你要是成了演员，那肯定天天霸占头条，谁比得上你啊……”

我拍了一连串的马屁，北堂景的脸色才好了一点儿。

“是吗？”他把我扔了下来，斜着眼睛看我，慢悠悠地说，“原来在你的心目中我有这么帅？”

“哈哈，当然！”

我竖起大拇指，咧嘴朝他笑，生怕他又变脸。

他今天是不是吃错药了啊……

他可是北堂景啊！

北堂景什么时候变得斤斤计较，话这么多了？北堂景不是应该寡言少语，不是应该做一台安静的冷风机，对着周围散发冷气吗？

“走吧。”

就在我内心受到剧烈冲击的时候，北堂景忽然开口了。

还没有等我反应过来，北堂景已经迈开大长腿，顺手将我的后衣领拎起来，拖着我朝礼堂外面走去。

远远围观的几个女生朝我投来既同情又嫉妒的目光。

“陆莹莹一走开，她就过去了，我就知道她没安好心！”

“哼，竟敢勾引北堂景，她是不是活腻了？”

“我看她啊，这次肯定要完了，上次一年级那个不知死活的女生故意在会长面前摔倒，想引起会长的注意，不是被逼得退学，还差点儿破相了吗？”

……

差点儿破相？

要不要这么凶残？

听了她们的话，我只觉得被浇了一盆冷水，浑身冰凉。等从惊恐中回过神来，我和北堂景已经被他的司机送到了一家服装店门口。

他大步走了进去。

我撇了撇嘴，只好跟在后面。

从装修来看，就知道是一家高级服装店。店里放着轻柔的小提琴音乐，服务员看到北堂景，立刻笑着走了过来。

“请问，您需要什么样的服饰呢？”服务员精明的眼神扫到了北堂景西装上的污渍，马上又笑着说，“我们店最近刚到了几件新款西装，需要我给您介绍一下吗？”

“随便拿一件来给我就行。”北堂景的手插在裤袋里，随意地说道。

如果现在我还不知道我们为什么会在这里，我就真的是个笨蛋了。这家伙带着我来这里，明摆着就是要重新买一套西装。

那钱说不定还得我来付！

不对，应该说，那钱肯定是我来付……

“等一下！”

我的额头在冒汗，虽然他不挑剔，可这里的衣服一看就价值不菲，就是把我一年的零花钱拿出来都不够啊。

兴奋的服务员回过头来，微笑地看着我，但眼里没什么笑意。

“我……我……”

我随手拿起一件衣服，看了看上面的标签后，牙齿都开始打战，然后可怜兮兮地摸了摸钱包，哭都哭不出来了。

这是打劫啊！

一件西装就要一万多块！

“那个……我们可不可以去其他的店再看看？”我找回自己的声音，朝北堂景投去期望的目光。

“不行。”北堂景想都没想就拒绝了，还理所当然地说，“这附近只有这家的衣服我穿着才不会皮肤过敏。”

我默默地垂下头。

叮！

又一条和漫画里吻合的信息。

男主角北堂景只能穿内里是丝绸的衣服，不然就会皮肤过敏，而因为这个，他和陆莹莹还有过一段小故事。

不过，我现在哪还有心思去想什么故事，眼看着北堂景已经对着镜子把新款的西装穿在身上，我顿时欲哭无泪。

拜托！

待会儿付不了钱，是要把我押在这里吗？

想到这里，我慢慢地往店门口挪去。

如果我现在就跑，北堂景这个脸盲也不能拿我怎么样，到时候他要是查到我身上，我就死不认账好了……

“你该不会是想逃跑吧？”忽然，正在照镜子的北堂景转过头来，用懒懒的声音问道。

“哈哈，怎么可能？”

我停住脚步，尴尬地转过头去，正好和北堂景对视了一下，撞进他幽深的眸子里，顿时心虚得直冒汗。

这家伙难道有透视眼？

“咔嚓——”

拍照的声音响起来。

我不可思议地看着他手中的手机，愣了几秒，才明白他刚才是对着我拍照了。

他要干吗？

偷拍？

好吧，他是光明正大地拍，可是一向冷漠得连话都懒得说的北堂景竟然会对着我拍照……

怎么想都觉得十分惊悚。

“刷卡。”

北堂景递给了服务员一张卡。

看到他这个动作，我的下巴都快掉下来了，犹豫了半天才开口：“北，北堂景，你真的自己付钱吗？那你带我来这里……”

“感谢惠顾。”

这时，那位笑容满面的服务员已经刷了卡，把卡递给北堂景后，拿出了一个盒子，打开盒子后，里面有一条银色的项链，项链上镶嵌着一颗淡粉色的樱花状钻石。

那颗钻石闪闪发光，我的眼睛被闪花了。

只听见服务员殷勤地说：“北堂少爷，这是我们店附赠的礼物，谢谢您一直以来对我们店的支持……”

买衣服送钻石项链，鬼才相信呢！还不是因为看到那张象征身份的信用卡！

我的话被服务员打断了，我不由得腹诽，撇了撇嘴。刚才说的话北堂景肯定听到了，可他装得像没听见一样。

他扫了一眼盒子里的项链，将它拿了出来，朝我走了过来。

“这条项链很适合你。”

北堂景低沉的嗓音响起，他俯身凑到我面前，将项链戴在了我的脖子上。整个过程我都处在震惊中，直到脖子上传来一股冰凉的感觉。

怦怦怦——

我听到了自己的心跳声，大得像在打雷。

北堂景身上散发出的淡淡的香水味将我紧紧地包围起来，我感觉到他的气息轻轻地拍打在我的耳朵上。

天啊！

先是拍了我的照片，又这么温柔地送我项链，难道是……

按照一般偶像剧和小说的剧情，男主角追求女主角的时候，第一步通常是故意整她，在她以为自己就要遭殃时，再对她好，送项链给她，温柔地帮她戴上，让她心跳不已，从而喜欢上自己……

可漫画里的我只是促进男女主角感情的女配角啊！

还是……

由于我没有按剧情走，没有喜欢上北堂景，所以才会出现现在的场景，是为了让他先追求我，让我喜欢上他……

绝对不可以！

我才不要重蹈漫画里的覆辙！

想到这里，我捏紧了拳头，就要推开北堂景，却听到他在我耳边又说了一句：“戴在身上，你就会时时刻刻记得……”

然后，他故意停顿了一下，才慢慢说道：“自己欠了我多少钱。”

“什，什么意思？”

他的话让我一个踉跄，往后退去。

我瞪着他，说道：“北堂景，你不要乱说，我什么时候欠你钱了？”

“你忘记了，刚才是我付的钱。”

北堂景指了指他身上的西装，嘴角往上一扬。

这个表情要是放在其他长得好看的男生身上，就是迷死人的微笑，可出现在北堂景的脸上，顿时让我觉得头皮发麻、全身发凉。

呜呜……

我就知道是我想多了！

竟然还莫名其妙地想着北堂景喜欢我，哈哈哈，田小甜，你以后不要看偶像剧了，悲剧比较适合你！

刚才我为什么不趁机跑了？

不知道现在跑还来不来得及……

“不要想着逃跑。”北堂景像是看穿了我的心思一般，眯着眼睛看了看我，拿出手机晃了晃，说道，“为了防止你‘欺负’我脸盲不还钱，我可是拍了你的照片的，如果你敢逃跑，我就发出照片通缉你，所以我劝你老老实实的……”

天啊，北堂景，你是有多缺钱？

我看着北堂景手里的手机，现在才明白过来，他为什么会给我拍照，亏我还自恋了一番。

“难道你真的想赖账？”

北堂景的声音陡然冷了几分。

“呵呵，不敢不敢。”我摸了摸胳膊，凑了过去，可怜兮兮地跟他打商量，“那个……北堂景，其实你那套西装也只是沾了一点儿东西而已，干洗之后还是可以穿的。要不然我帮你把衣服拿去干洗，干洗以后还是能穿的啊……”

也不知道我哪根筋搭错了，也可能是店里忽然换了一首稍微激烈的小提琴曲，说着说着，我竟然大胆地数落起北堂景来：“不就是一件衣服嘛，脏了就洗洗嘛，干吗搞得那么矫情，生怕别人不知道你姓北堂……”

后面的话我说不下去了。

我看到北堂景的眼神，那样高深莫测，让我觉得，我要是再说下去的话，就……

性命堪忧！

天啊，我怎么把北堂景的禁忌忘记了？

漫画里提到，有一次因为陆莹莹说了一句“你姓北堂，就可以为所欲为吗”，北堂景就差点儿捏碎了她的手腕，两个人冷战了好几天，最后由于我这个“恶毒女配角”的搅和才和好了。

因为漫画里提到了北堂景的母亲是由于商业联姻才嫁给他父亲的，但他父亲本来有一个很相爱的初恋情人。他的父亲被迫和初恋情人分开，所以看他母亲很不顺眼，自然也不喜欢北堂景了。

漫画里有一个这样的情节：北堂景小时候想要父亲抱，结果他父亲一把推开他，说就算他姓北堂也不会喜欢他。

从此以后，北堂景对自己的父亲又爱又恨，也不喜欢有人提到他的姓。

没错，就是这么狗血的设定，没想到我竟然都忘记了。看北堂景现在这么恐怖的样子，我不由得缩了缩脖子。

天啊！

放过我吧，我保证下次再也不说了！

“所以……”北堂景轻笑了一下，让我浑身的鸡皮疙瘩都起来了，他低沉的嗓音慢慢地传来，“你觉得我会为了你降低自己的格调，穿一件有瑕疵的衣服吗？”

顿时，店内的气氛变得很尴尬。

服务员自然会看脸色，早已躲得远远的，生怕被搅进来，得罪了北堂景这尊大神。

“哈哈，今天晚上的天气真好啊……”

我转过身，故作轻松地摆了摆手，试着朝店门口移动，手臂却被北堂景抓住。

“田小甜，你的胆子也比我想象的要大嘛。”

北堂景的眼里看不到一点儿光，而他捏着我手臂的手在用力。剧烈的疼痛传来，我痛得喊出了声。

“少爷——”

这时，一个声音响了起来。

北堂景闻声放开了我的手，也不知道是听到我喊痛，还是因为司机的忽然闯入，总之，我总算脱险了。

该死的北堂景！

我看了看红肿的手臂，差点儿哭出来。

“少爷，陆小姐来电话了。”

司机这才发现店内的情况不妙，不过他已经开了口，在北堂景冰冷目光的注视下，也只能继续说道：“你的手机是不是调了静音？她说她给你打了好几个电话你也不接，所以才打给我的。她问你去了哪里，怎么不在礼堂，她好像在哭……”

听到最后一句，北堂景皱了皱眉头。

“回学校。”

他冷冷地看了我一眼，一边吩咐司机，一边朝外面走去。

快到门口时，他才注意到我并没有跟上去，于是对司机说道：“把她也带上。”

呵呵。

连口气都变得那么不耐烦。

现在的他跟漫画里的北堂景一模一样，就算冷漠如他，只要碰到陆莹莹的事，就会变得不一样。

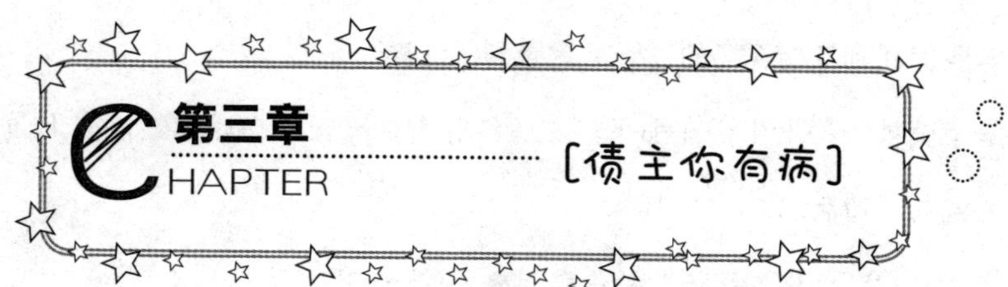

# 第三章 CHAPTER [债主你有病]

1

等我们回到舞会现场的时候，就看到了这样一幕。

陆莹莹被一群女生围在那里，右脸红肿着，五根手指印赫然留在上面，她一边哭泣着一边后退。

“我没有踩到你的裙子，是你自己摔倒的……”

可她这样并没有博得女生们的同情。

“陆莹莹，你装什么小白兔啊，平时就是用这副面孔才让会长同情你的吧？”

“你以为你们陆家还是原来的陆家啊，听说你们陆家遇到危机快破产了，是不是你爸爸让你抓着北堂景不放，好利用他啊……”

“我看今天北堂景不在，苏牧原也没来，你还能利用谁。北堂景肯定是嫌你烦了，所以连舞都懒得和你跳，就抛弃你走掉了……”

……

两个女生一边说着，一边推搡着陆莹莹。

陆莹莹的眼里噙着泪水，在看到北堂景的瞬间，眼泪一下子流了出来。

我站在北堂景身后，虽然看不见他的表情，但他身上散发出来的危险气息让我不由得离他远了点儿。

怎么可能！

我的头皮在发麻。

这个场景分明就是漫画的开头——北堂景出场的时候，而那两个女生说的话和漫画里丝毫不差！

我摸了摸胳膊，上面已经起了鸡皮疙瘩。

如果之前我还在想一切会不会是巧合，哪里会有这么诡异的事情，那本漫画竟然是真实的，那么到了这一刻，我已经不得不面对现实。

那么——

究竟那本漫画里记载的是我们的未来，还是我们本来就生活在漫画里？

我的脑袋里乱七八糟的，周围的场景在我的眼中变得模糊起来。

“看什么看，会长早就离开了，你以为他会……”

……

几个站在旁边的女生早就看到了北堂景，拼命地朝那两个正在欺负陆莹莹的女生使眼色，可等她们反应过来的时候已经晚了。

“啊——”

那个伸出手正要推陆莹莹的女生发出了一声尖叫。

“苏牧原！”

女生握住自己差点儿被折断的手，看着眼前忽然出现的男生，正要说些什么，却露出了害怕的表情，看向他的身后。

“会……会长，你怎么在这里？”

“景——”

带着哽咽的声音响起，陆莹莹完全无视刚才替她教训了那个女生的苏牧原，而是跑到了北堂景面前，一把抱住了他。

北堂景的身体僵硬了一下，并没有推开她。

啧啧啧！

我站在那里，看着这样的场面，有点儿同情地朝苏牧原看去。一身白色西装的他呆愣住，眼底还有一丝忧伤，但很快就消失得无影无踪。

“很抱歉弄伤了你的手，但刚才你也做得不对。”

苏牧原微笑着朝女生道歉，不过可以听得出来，他的声音里没有一丝的歉意，反而那凌厉的目光让人心惊。

“苏牧原，你不要欺人太甚，我孙妍也不是你随便可以……”

孙妍痛得额角都在流汗，她恶狠狠地瞪着苏牧原。

她的话还没有说完，北堂景冷漠的声音就响起来：“孙妍，你应该感谢苏牧原。”

他的声音很低，却让四周都安静下来。

舞会已经没法再进行下去，大家都发现这边出事了，所有人都围了过来，远远地看着热闹。

孙妍浑身颤抖了一下，不敢说话。

“如果不是他，你就不只是手痛那么简单了。”

北堂景把陆莹莹从自己怀中拉出来，看了看她的脸，然后慢慢地往孙妍身上扫去，但目光并没有落在她身上。

“你……”

孙妍好像想说什么，但最后什么都没说，只是咬着下嘴唇。

她旁边那个跟着一起叫嚣的女生现在害怕得躲到了孙妍后面，一个劲地拉着她的衣角，好像在提醒她不要再说话了。

不愧是北堂景，随便说句话都能把人吓个半死呢！

漫画里的北堂景就是这个样子，别人在他眼里都是渣，只有女主角陆莹莹才值得他温柔对待。

哼！

有什么了不起！

我撇了撇嘴，又翻了个白眼。

可偏偏这个时候，北堂景已经带着陆莹莹转过身来，我跟他面对面，翻白眼的样子刚好落入他的眼中。

啊！被他发现了？

北堂景却好像没看到我似的，拉着陆莹莹从我身边走了过去，倒是我一副做贼心虚的模样，忍不住拍了拍胸脯。

我差点儿忘了，这家伙是脸盲！

估计从下了车进了礼堂后，他就把我忘得一干二净了吧，毕竟除了陆莹莹，谁入得了他的法眼？

不知道为什么，想到这个原因，我摸了摸脖子上的那条樱花项链，心里竟然有一丝失落。

啊！

田小甜，你是不是疯了啊？

他不记得你了不是更好吗？难道你真的想喜欢上他，然后变成恶毒女配

角：被他折磨欺负，最后变成炮灰吗？

音乐响起来，柔和的灯光打在北堂景和陆莹莹的身上。

北堂景穿着那件价格昂贵的西装，和陆莹莹跳了最后一支舞，而完全不理会抽中了公主签的孙妍。他这不就是为了打孙妍的脸，告诫她不管陆莹莹家有没有出现危机，自己都会站在陆莹莹身边吗。

多么深情的男主角啊！

两个人翩翩起舞，所有的灯光都打在他们身上，那画面比漫画里描绘的还要美好。

而我就只能躲在角落里哭泣。

啊啊啊！

我真是郁闷得快要爆炸了，偷鸡不成反蚀把米，菜心的事没有解决，反倒是我自己栽了，成了负债人。

这种情节怎么也该出现在女主角陆莹莹身上啊，他们两个在一起你侬我侬就好，北堂景和我一个女配角较什么劲呢？

“哟，新来的，你刚才是不是跟北堂景出去了？”

“怎么躲在这里偷偷哭呢？在伤心吧，陆莹莹虽然是个落魄的公主，但也比你好得多，北堂景当然会选她了……”

“真是不识相，就你这副模样还想跟北堂景搭上呢，别做梦了……”

……

我正在黯然神伤，几个女生走了过来，对着我冷嘲热讽，我听了半天才明白她们竟然是在嫉妒我跟北堂景出去了。

要是她们也和我一样，被北堂景那个家伙讹了那么多钱，我看她们还能站在这里说风凉话。

“让一让，我要走了。”

我觉得我跟她们没什么好说的，站起来就要走，打算远离这个是非之地。

“啊——”

我被一个女生伸出的脚绊了一下，身体一歪，朝左边桌上的蛋糕倒去，本来以为自己无法幸免，但……

“你还好吗？”

一个温柔又带着担心的声音传来。

我……好什么好啊！

我的眼珠子都快瞪出来了，喉咙传来一阵疼痛。

虽然我没有往蛋糕倒去，而是被苏牧原拉住了，但现在的姿势实在太难看了。苏牧原用老鹰抓小鸡似的动作抓住了我的后衣领，才让我不至于弄一脸蛋糕。

我的脖子被他一拉，勒得生疼。

“你，你快点儿放，放开我啊——”

我差点儿岔过气去。

这时，苏牧原才意识到自己的问题，慢慢地将我拉了起来。

“咯咯。”

我干咳了几嗓子，总算缓过来了。

看着憋得满脸通红的我，苏牧原忙道歉：“对不起，我也是一时情急，顺手就抓住了你的衣领。”

“算了。”我用手揉捏着脖子，对于苏牧原的接近，下意识地就想逃开，“你不用道歉，是我要谢谢你才对。”

我很礼貌地跟他道谢后，退后几步就要走，却被苏牧原喊住了：“你是不是对我有意见？”

他的问题让我吓了一跳，我赶紧摆手说：“没有没有，我只是赶着回家而已。我们家的家教特别严，我妈妈要求我最晚要在九点半回家，不然我就会被罚的。”

“那……我送你回去吧。”苏牧原犹豫着说道，紧跟着我走了几步。

“不，不用麻烦。”我一口拒绝，并且飞快地往外跑，“你还是在这里等着陆莹莹吧，等下你们三个人还要闹一场呢……”

我一点儿也不想参与其中！

苏牧原还想说什么，我却头也不回地往礼堂外面跑去。

回到家后，我还是心有余悸。

我先打了一个电话给菜心，愧疚地跟她道歉，说事情要缓一缓。

菜心听到后，连忙安慰道：“没关系，我还能坚持几个星期，因为我相信你和以前一样，一定会帮我解决问题的。”

菜心的鼓励让我的心情好了不少。

“嗯，菜心，事情就交给我了，你不用担心。”

想到菜心那么惨了还这么贴心地安慰我，全心全意地信任我，顿时我又有了动力。

加油！

田小甜，你不能让菜心失望！

在心里给自己鼓劲后，我失去的能量好像回来了一些，我突然想起一件事，对菜心说道："菜心，我到北堂学院之后，乌鸦嘴都没有应验了，尤其是对北堂景，一点儿作用都没有……"

"啊，真的吗？"菜心听了，激动地说道，"那不是很好吗？你说，会不会你和北堂景是命中注定要在一起的，他就是你的解药？他说他看到你之后也……我的意思是，他说不定看到你以后也有特别的感觉……"

对于菜心的一惊一乍，我无奈地说："拜托，你以为在拍偶像剧啊，还解药呢，要不要这么夸张！"

命中注定？特别的感觉？

这个说得倒是没错，就是那种男主角遇到恶毒女配角，命中注定要把我消灭掉的特别的感觉吧！

呜呜，我好怀念我的"乌鸦嘴"，至少我还有能力还击。

又和菜心说了一会儿，我就挂了电话，不然她真的会没完没了地说下去，说不定会编出一段偶像剧来。

我怕我会忍不住告诉她，我们说不定早已卷进一本漫画书的剧情里，还要眼睁睁地等着悲剧的到来。

## 2

刚放下手机，我就听到外面传来一个熟悉的声音。

"阿姨，你不用这么客气，我给小甜送她落下的东西，等一会儿就

走……”

这个温柔的声音让我以为自己产生了幻听，但我马上就清醒过来。

“小伙子长得真高，比我昨天晚上看的那个电视剧里的演员还要好看。小甜因为乌鸦嘴的关系，从小就不招男孩子喜欢，这还是第一次有男同学到我们家来，阿姨真高兴……”

救命啊！

老妈，你真是我的亲妈啊，有这么损女儿的吗？

我一个激灵，推开门走出去，就看到我老妈正花痴地坐在苏牧原对面，一个劲地盯着他看。

虽然苏牧原依然温柔地笑着，但我看得出来，他的脸上有一丝尴尬。看到我从房间里走出来，他像是得救般站了起来。

“小甜，你在家啊。”

废话！

这么晚了，我不在家还能在大街上逛啊！

我暗地里翻了个白眼，对他亲密地叫我小甜有点儿不适应。其实相对于北堂景，我对苏牧原的感觉是非常复杂的，这些天接触下来，虽然他给人温柔阳光的感觉，但是因为漫画，我下意识地对他有些抵触。

“你来我家有什么事吗？”

我皱了皱眉头。

“是啊。”

他朝我走过来，灯光照在他的侧脸上，让他脸部的轮廓变得更加立体，像是从漫画里走出来的一般。

只见他从口袋里拿出一根银色的项链，说道："我不小心拉断了你的项链，还没来得及叫住你，你就跑了，所以我先找人修好了它，再送来给你。我想这对你来说是很重要的东西……"

项链？

我看着他手上那根闪着光芒的项链，猛地想起刚才在舞会现场，苏牧原抓住我后，脖子有被勒住的感觉。但当时我太惊慌了，也没有注意到，现在想来，那时候项链应该就被他抓掉了。

"这项链就是在地摊上买的，也不是很重要。"

在老妈看热闹的眼神下，我赶紧接过了项链，对他道谢："谢谢，苏牧原同学，你真是一个好人。"

我特意把"同学"两个字咬得很重，跟他拉开距离。

疏远的称呼让苏牧原顿了顿，但他毫不在意，又对我温柔一笑："不用谢，小甜。"

天啊！

我对他的态度已经很明显了，可他还硬要继续装作一副跟我关系多么好的样子，到底是为什么啊？

男配角，你是不是拿错剧本了？

要知道，在漫画里对所有人都温柔的苏牧原唯独对我没有好脸色，因为他第一次见到我，就看到我"不小心"推了陆莹莹一下，让她从楼梯上跌了下去。

虽然现在的我绝对不可能喜欢上北堂景，也不会跑去推陆莹莹，但亲眼见过他为了陆莹莹差点儿捏断那个叫孙妍的女生的手后，我还是有些后怕。我可

不想跟他有什么关系。

“哎呀，你们两个人不要站在那里嘛。”老妈察觉到我们之间不和谐的气氛，马上笑着打圆场，“牧原同学啊，你先坐一会儿，阿姨去厨房给你洗草莓。这草莓是甜甜她爸昨天到邻县出差带回来的，又大又甜，可好吃了……”

“妈，不用了。”

我赶紧阻止了要往厨房走的老妈，瞪大眼睛看着苏牧原，说道：“这么晚了，苏同学还是早点儿回去比较好！”

“你这孩子……”

老妈正要说我，苏牧原的嘴角扯起一丝浅笑，接过她的话说道：“阿姨，小甜说得没错，你不用忙了，时间很晚了，我就不打扰了。”

“啊，那这样的话……”老妈狠狠地推了我一把，将我推到苏牧原的身边，“小甜，你去送一下牧原同学吧，巷子里那么黑，他一个人怕找不到路出去！”

“老妈！”

我翻了一个白眼。

老妈这个花痴，为了一个帅哥连亲生女儿都不要了，她也知道巷子里很黑，就不怕我送完人回来有危险吗？

哼哼！

不过，在老妈威胁的眼神下，我不得不送苏牧原出去。

巷子里的确很黑，有几盏路灯在我们搬过来的时候就坏掉了，这么多天了依然没有人来修。

我和苏牧原一前一后地走着。

我走得很快，好像后面有怪兽追着。

苏牧原则是闲情逸致，慢慢地跟在我后面，时不时我还能听到一声轻笑从他嘴里发出来。

笑什么笑！

搞不清他的笑点在哪里，我只是觉得心里闷闷的，朝他喊道：“喂，你快点儿走啊，我待会儿还得回去呢。”

“喵！”

就在这时，一只野猫从路边的草丛跑过。

“啊——”

我被吓了一跳，下意识地就朝苏牧原身后躲去，还伸手抓住了他的胳膊，完全忘记了我在跟他保持距离。

“一只野猫而已，不要怕。”

苏牧原好听的声音从头顶传来，他的手自然地搭在我的肩上，轻轻地拍着，不断安抚我。

等我静下心来，才发现我和他之间的姿势有多暧昧，于是赶紧推开他。

我一抬头，就迎上了他含笑的双眸。那双眼睛在黑夜里闪闪发光，我顿时结巴起来：“好，好了，你往前面走出去右转，就到大街上了。你可以打的或者坐巴士，我先回去了。”

我说完，转身就走。

“小甜。”走了几步之后，苏牧原叫住了我，可我并没有停，直到他问道，“我想知道，为什么每次见到我，你都一副很害怕的样子。如果我没记错的话，我们以前从来都没有见过吧，你很讨厌我吗？”

我顿住了。

这是他第二次问这个问题了。

是啊，我和苏牧原以前根本就不认识，可由于漫画的原因，我对他流露出来害怕的神情，对于一直都是女生心目中温柔又完美的王子来说，苏牧原一定觉得很奇怪吧。但是，我总不能告诉他真实原因吧……

“我，我没有害怕，也没有讨厌你，你想多了！”

我小声地回答了他以后，头也不回地跑起来，生怕他会抓住我，再问一些问题。

幸好苏牧原没有追上来，他也不是那种死缠烂打的人，不过由于他忽然的提问，倒让我有点儿心虚。

我是不是做得太过分了？

苏牧原并没有像漫画里那样，为了陆莹莹针对我，而我却因为漫画，对他充满戒备，也许他并不会对我怎么样……

不对，漫画的内容已经出现了，晚上舞会的那一幕我还记忆犹新。如果一切都是真的，我是不是也逃不了女配角的命运呢？

一晚上，我想东想西，在床上翻来覆去，好不容易才睡着。

第二天一大早，像往常一样又睡到很晚才醒过来，迷迷糊糊地洗脸刷牙后，拿起桌上老妈留下的早餐钱，我就出门了。

刚走到巷子口，我一眼就看到了停在路边的黑色豪车，还有车里的北堂景。他的侧脸映着柔和的晨光，冷漠的眼神也变得温和起来，乍一看比漫画里还要帅上三分，我要是花痴女生，肯定马上冲了过去。

可惜我不是！

我没有自恋到以为他在等我，脑海里冒出来的第一个想法就是，快点儿走，离这家伙远点儿。

可没想到，我刚要目不斜视地从车边走过，北堂景就出声了：“怎么，见到债主就想跑吗？”

他认得出我来？他不是脸盲吗？

我晃神的时候，车子往前开过来，停在了我身边。

“没错，长得一模一样。”

车里的北堂景拿出手机，对着我的脸看了看，尽管他说得很冷淡，但一副“你别想赖账”的口气让我很无奈。

他竟然会迫不及待地来找我讨债，我就不信他缺那点儿钱！

虽然那钱对我来说的确是一笔“巨款”，但对北堂景来说，根本就是九牛一毛。

“不要以为那只是一笔小钱，那也是我花了心血赚回来的……”北堂景忽然说道。

“你……”

我顿时被吓得不轻，这家伙该不会有什么读心术吧？他怎么知道我的想法？

不过，北堂景说得并没有错，不管是漫画里，还是现实中，他花的每一分钱都是他自己赚回来的。去年他卖掉手中的两份软件系统开发专利，就获得了不菲的资金，并且创立了自己的软件公司，北堂学院现在用的电子智能系统都是他研发的。

不要问我为什么会有北堂景这么厉害的人，因为在来北堂学院之前，我也只把他当“别人家的孩子”，当异世界的人。

其实他说得也没错，怎么说我也算是欠了他的钱。

于是，我低下头认命地在口袋和书包里搜了半天，发现除了早餐钱，我一分多余的钱都没有了。

虽然老爸的公司有住房补贴，但东区这边的房子比西区贵了不是一点点。我们家那套小公寓卖出去后，家里又填进去很多钱，才买到现在小区的二手房，所以最近老妈给我的零花钱也少了很多……

“我只有这些了。”

把手中的钱递出去后，我忽然觉得有些羞愧，北堂景的钱是自己赚的，我的钱却是父母给的。本来还想跟老妈说一说，多拿一点儿零花钱，把钱先还给北堂景再说，可现在我不想这么做了。

“北堂景！”下了决心后，我鼓了鼓腮帮子，对北堂景露出请求的目光，“钱我会还给你，但你可不可以答应我，让我慢点儿还？你放心，反正我也不喜欢吃早餐，以后我会把每天的早餐钱和平时的零用钱省下来，还会去打工，我一定会还给你的！”

北堂景听了我的话并没有高兴，反而皱起眉头来。

“哦，是吗？”在我真诚的目光中，他慢慢地开口，一只手摸了摸下巴，淡淡地扫了我一眼，“所以，你是打算采取分期付款的方式吗？那我可要收利息了……”

“什么？”

北堂景是在逗我吗？

什么叫分期付款啊，我只是说要慢慢地还钱而已！

“你还在上学，要找工作也不容易，那么从现在开始，你就给我跑腿吧，做得好，我也许还会给你小费。”

北堂景说完，看都没看我一眼，就从窗口丢下两张一百的人民币，说道：“去给我买早餐吧，我要吃东正街的小笼包和西正街的豆浆，你买好后可以打的来学校，剩下的钱就是你的小费……”

喂！

北堂景这家伙到底在说什么啊？我什么时候答应他要给他当跑腿的了？

我看了看手上的钱，正要拒绝他，却发现车子早一步发动起来。被喷了一脸尾气的我只能站在原地干瞪眼。

气死我了！

这就是北堂景的劣根性，从来不理会别人的想法，霸道地决定一切。

更可气的是，我又不能拒绝他，一来我是真的欠他钱了，而来我还有求于他，不能得罪他。

我认命地跑了好几条街才买到热腾腾的小笼包和豆浆，打的赶到学校的时候，已经差不多要上课了，但我还是先去了北堂景的办公室。

“给你。”

我没好气地把小笼包和豆浆放在桌上，转身就走。

“站住。”

北堂景冷冷的声音从后面传来，我停下脚步后，又听见他说：“为什么是黑豆浆？”

这家伙果然一点儿也不好伺候。

我揉了揉僵硬的嘴角，勉强露出一丝讨好的微笑：“没办法，我去的时候就只剩下黑豆浆了，早上人特别多……你别这么看着我，其实比起白豆浆，我更喜欢黑豆浆，你不觉得白豆浆喝起来没什么味道吗？”

北堂景只是挑眉看着我，也不回答。

我被他看着，只觉得浑身都不自在。他这是什么意思？把我叫住难道又想要为难我吗？

啊，对了！

现在只有我和他两个人，我要不要提一下菜心的事情，看他的态度怎么样？

一想到这里，我就毫不犹豫地试探着问：“北堂景，你们学校以前有个叫菜心的女生，你还记得吗？其实菜心一点儿也不喜欢你，她只是花痴了一点儿，所以才会一时冲动……”

“吱呀——”

推门的声音响起。

我抬头往门外看去，正好看到陆莹莹站在那里，她脸色惨白地盯着我和北堂景，露出惊慌的表情。

“景，我是来叫你一起去上课的……”

陆莹莹边说边走了进来。

“那我先走了。”

眼看北堂景的表情起了变化，我赶紧识相地逃跑。

“跑那么快干什么？”

北堂景不慌不忙地指了指桌上的早餐，一副不耐烦的模样，说道：“把这些垃圾都拿走，小笼包都冷掉了，黑豆浆我最讨厌了，你喜欢的话就自己拿去吃好了……”

“哦。”

我郁闷地把装早餐的袋子拿回来。

我就这么被北堂景轰出了他的办公室。

“什么嘛，小笼包明明还是热的！”

我撇了撇嘴，往教室走去。

哼，我看，肯定是刚才我在陆莹莹面前提到了菜心，让她心情不好了，北堂景才故意挑我的错，把我赶出来，还装得像模像样的。

我又看了看袋子里的早餐。

跑了一个早上，以往都不怎么吃早餐的我竟然会感觉到饿。

算了，他不吃我吃，而且还是免费的早餐，不吃白不吃。

## 3

我受不了了！

现在我基本可以肯定，北堂景这个恶魔绝对是故意找我麻烦！

连续一个星期，我都在给北堂景跑腿买早餐，可是他没有吃过一次，不是嫌包子冷了，就是嫌肠粉有腥味，纯粹是鸡蛋里面挑骨头，所以每次早餐都进了我的肚子。这对于不爱吃早餐的我来说，简直就是折磨啊！

反正我再也不想理他了。

我气鼓鼓地把书包丢到床上，心想着下周一去了学校，我该怎么躲着他才好，不然再这么下去，我就要疯掉了。

我只是提到了菜心的名字，让陆莹莹听到了、脸色不好了、心情不美了而已，他就要这么不遗余力地对付我吗？

难道这就是我的命运？就算我什么都不做，也要变成男女主人公感情的牺牲品，为他们做出贡献？

如果我真的像漫画里那样喜欢上北堂景，又因为嫉妒陆莹莹，故意做出一些不理智的举动来整她，那我不是会更惨？

烦恼的我又被噩梦缠了一个晚上。

漫画的情节一遍遍地在梦中出现，只是最后的结局总是在最关键的时候变得模糊起来……

“嗡嗡——”

随着手机震动声响起，我从床上爬起来。

我懒洋洋地接了电话，眯着眼睛打着哈欠：“菜心，都说了多少次，不要在大清早给我打电话……”

“还早吗？已经十一点了。”

低沉的声音让我一个激灵，打了个寒战。

“北堂景？”

我把手机从耳边拿开，看到上面“男主大人”四个字，顿时一丝睡意都没有了，额角出现几滴冷汗。

也不知道怎么回事，一股无名之火冒了出来，我不管不顾地喊道：“北堂景，你还有完没完啊！今天可是周末，你不会周末也不放过我吧？就是上吊也要让别人喘口气啊，是男主角了不起啊！我告诉你，本小姐也是有脾气的，我管你是谁，我不干了，你能把我怎么样？”

一口气说完，我豪气冲天地挂断了电话。

“呼……”

我吐出肚里的闷气，又躺回床上。但过了一分钟，我就从床上跳了起来，十分后悔。

天啊！

我刚刚做了什么？

好像……

我该不会真的对北堂景撂狠话了吧？

我拿起手机，盯着上面的通话记录看了几秒。我尖叫一声，顺势一滚，就从床上滚到了地上，在地上又滚了一圈后，我才接受了这个事实。

完了！

我真的把男主大人得罪了！

呜呜呜……

我捂住脸，透过手指缝看向手机，就这么盯着屏幕看了很久，却再也没有电话打来。

他真的生气了？

就在我躺在地板上，心里七上八下时，我的房门被推开，菜心惊讶的声音响起来。

“甜甜，你怎么睡相越来越差了？竟然从床上滚到地上来了！”

“没有……”

我郁闷地从地板上爬起来。

我一抬头就看到菜心的脸色惨白的，还挂着两个明显的黑眼圈。

我吓了一大跳，赶紧问道："你怎么了？"

"我……"

菜心跟我对视了一眼，马上低下头去，坐在我的床上，腿不停地晃着，像是有什么心事，看得我心里难受。

"到底怎么了？你倒是说啊。"

我急忙坐到她身边。

菜心这才抬起头来看我。我看到她眼眶红红的，她带着哭腔说："甜甜，我马上又要被退学了，昨天老师跟我下了最后通牒，只有两个星期了，我再不把档案转过去，学校就不能接收我，让我去其他学校……"

"两个星期！"

我愣了一下，有些不知所措。

"我知道你很为难，甜甜，你能不能帮我求一求北堂景，如果他……"菜心说着说着，眼泪就掉下来了。

看到菜心这样，我的心揪了起来，在被我的乌鸦嘴连累得最惨的时候，菜心都没有哭过，现在她却这么伤心。

"你不要哭了，我现在就给他打电话！"

我不忍心，马上拿出手机，一边按着号码，一边安慰菜心："你放心，我就是跪在地上求他，也不会让你的档案留下不良记录的。"

"甜甜……"

菜心眼里一闪而过的愧疚我并没有看到，我的心里只想着要如何说服北堂景，不能让菜心再流泪，什么样的事我都愿意做。

“喂。”

然而，我的一腔热血在听到北堂景冷淡的声音后瞬间被浇灭，我愣了好久也没有说话。

“喂？”

这声“喂”已经很冷了，还带着一丝质问。

我回过神，干咳了两声，故作镇定地问：“北堂景，你在哪里？”

他沉默了一会儿，给我说了一个地址，接着就挂断了电话，而我听着那边传来“嘟嘟嘟”的声音，才想起来刚才的事。

呜呜……

他果然生气了！

怎么办？我现在要是过去找他，他肯定会报复的。

“甜甜，北堂景说什么了？”

菜心抹了抹眼泪，用期待的眼神看着我。

“他……他给了我一个地址。”我也有点儿摸不着头脑，但为了让菜心不再伤心，我安慰道，“你不用担心，我看他心情好像还不错，说不定这次我去求他，他会答应帮你哦！”

说完，我朝她露出一个大大的笑容。

但是我的笑容好像并没有让菜心放心，她反而更难过了。她抓着我衣角的手紧了又紧，低着头，说道：“甜甜，我……如果你不想去，就别去了吧，那个北堂景其实……他其实并没有你想象的那么……”

“我知道。”我知道菜心要说什么，马上打断了她的话，“你放心，我当

然知道他是什么样的人，不过他也没有传言中的那么可怕……唉，虽然他有时候看上去有点儿恐怖，但他不是坏人，不会对我怎么样的……”

我越说越没有底气。

他会不会对其他人怎么样我不知道，但我想到漫画里我凄凉的下场，我都不好意思自欺欺人下去。

唉……

我在心里叹了一口气，但面上装出一副云淡风轻的模样，说了半天才把菜心哄回家，然后按照地址去找北堂景。

北堂景给我的地址并不远，竟然离我家小区只有五站的距离，但山坡上一排排豪华的别墅看过去，跟我们家那一片旧楼房相比，仿佛不是一个世界的……

我又找了一圈，才在半山腰处找到了他说的56号楼。比起周围那些新建的别墅，这栋别墅看上去年代似乎有些久远，它更像是上百年前遗留下来的古城堡。洛可可风格的陈旧外观，半面墙环绕的爬山虎，让它在一群新建的别墅里显得鹤立鸡群，但并没有减少它的尊贵，反而有一种唯我独尊的傲视感……

跟北堂景给人的感觉那么相似！

我按了门铃后，大门就打开了，一个四十多岁的男人出来迎接我。他似乎知道我要来，笑容满面地寒暄之后，就带着我朝里面走去。

“田小姐，这边请。”

我跟在他身后，穿过别墅后，绕到了后面。

视野跟着开阔起来，一片蓝色的泳池闯进我的视线，接下来看到的一幅画面让我想戳瞎自己的眼睛。

北堂景穿着泳裤，从泳池里走了出来。

阳光照在他裸露的上半身上，他的头发湿淋淋的，水滴不停地从发梢上落下来，落在他好看的锁骨上，落在他的胸膛，落在他的腹肌上……

一块！

两块！

……

和漫画里一模一样的八块腹肌！

天啊，我要疯了，我竟然一块一块地数着他的腹肌！

呜呜……

我要流鼻血了！

那个罪魁祸首好像一点儿都没有察觉，反而很自然地拿过一边的浴巾围在了腰上。就算是那样，他的上半身还是裸露着的啊！

“过来。”

北堂景看到我，一点儿也不惊讶，朝我招了招手，像唤小狗似的。

我还在发呆。

“你不是来还钱的吗？”北堂景皱起眉头问道。

什么嘛！

“怎么？你不是在电话里说自己不想干了吗？”

北堂景瞥了我一眼，又拿起一块浴巾开始擦拭头发，声音冷冷地传来：“你的意思难道不是说，你准备把钱都还给我？”

男主大人，你的画风不对啊！

难道在我对你那么大吼大叫后，你不应该发怒吗？您不是应该端出你本来

就“视金钱为粪土”的架势，特别是像我这种小人物，还敢那么对尊贵的你放肆，你要做的是拿钱把我砸晕了，而不是跟我这么斤斤计较吧？

“呵呵，北堂景，你在说什么啊？”我灵机一动，装傻充愣起来，“你什么时候给我打过电话了？我怎么不知道啊。我今天一个电话都没有接到过啊，你一定是打错了！”

“是吗？”

北堂景深深地看了我一眼。

迎着他意味不明的目光，我赶紧点头如捣蒜：“是啊，是啊，不信你看我的手机通话记录！”

我得意地把手机递过去。

来之前，我早就把记录删掉了，手机被我这么一弄，恢复到出厂模式，很多常用的软件也不见了，想一想就觉得心塞。

但是，有什么办法呢？

谁叫我早上的时候脑袋不清醒，得罪了这尊大神呢？

“不用了。”

北堂景并没有接过我的手机，我不由得忐忑起来。在他往屋子里走去，又停下来朝我招手的时候，我马上跑了过去。

“您有什么吩咐吗？”

我笑得十分灿烂，急于取悦他。

北堂景似乎很满意我的态度，表情缓和了很多，点了点头，用低沉的嗓音说道：“跟我去房间，我要换衣服。”

“啊，你想干什么？我可是卖艺不卖身的！”

我抱住双臂尖叫着，猛地往后躲。

不远处，几个一声不吭、假装工作的仆人朝我们投来诧异的目光。

北堂景的脸色一下子沉了下来，用一种看白痴一样的眼神看着我，说道：“你乱想什么，我只是让你跟我去房间，把房间里面的玫瑰花拿去扔掉，再换上新的。”

“哈哈，我只是开个玩笑，活跃一下气氛。”

我愣住了，尴尬地放下双手。

“白痴。”

北堂景冷冷地骂了一句，从上到下打量了我一遍后，说：“你也不看看自己那小学生一样的身材，我对你可没有兴趣。”

陆莹莹的身材难道就好了？

我撇了撇嘴，反正我又不是陆莹莹，随便他怎么说。

但是被他这么一闹，我还真有点儿昏头昏脑，竟然跟着他一起去了房间，还老老实实地拿了花瓶，打算重新去摘新鲜的玫瑰换上。

等我来到花园里，准备采摘玫瑰的时候，才发现自己不知不觉中又被北堂景忽悠了。

我在干什么啊？

我的目的只是来找北堂景为菜心求情的，怎么变成听他使唤的女仆了？

我朝不远处看过去，只见北堂景已经换了一身白色的休闲装，躺在花园中的椅子上，悠闲地喝着咖啡，手里还拿了一本书在看。

这家伙倒是一副优哉的大少爷模样！

“北堂景……”

我脑子一热，竟然直接朝他招了招手。

没想到他还真的听到了，抬头看了看我，就端着咖啡朝我这边走过来。

阳光照在他的身上，好帅啊！

此刻的北堂景就像童话里的王子一般，美好得让人移不开视线。

“什么事？”

他的声音响起，也不知道是不是刚才的画面太过美好，我竟然觉得他的语气很温柔。

这让我一下子有了勇气。

“其实我今天来这里找你，是因为……”

我刚要开口说菜心的事，却被管家的通报声打断：“少爷，陆小姐来了，她说先去房间把包放下，马上就过来。”

陆莹莹也来了？

花园，玫瑰，这个情节……

忽然想到了什么，我吓得手一抖，被手里的玫瑰花的刺刺到，痛得我眼泪都掉了下来。

“啊——”

刚采摘的玫瑰花就这样掉在地上。

我顾不得手指上流出来的血，正要弯腰去捡，却被北堂景抓住了手，他竟然直接抓住我的手就含进了嘴里。

手指头传来的温热感让我惊讶得瞪大了眼睛。

天啊！

他要干什么？

我觉得自己的魂都快飞走了。

我想起漫画里的一段情节，漫画里的“田小甜”一直没法接近北堂景，就假扮女仆进到北堂景家里，正准备为菜心报仇的时候，在玫瑰花园里看到了帅气的北堂景。北堂景救了差点儿掉进玫瑰花丛的她，“田小甜”顿时就喜欢上了他。

结果这时候陆莹莹来了，“田小甜”看到两人关系亲密，忍不住嫉妒起来，假装不小心，想把陆莹莹推到满是刺的玫瑰花丛中，结果北堂景眼疾手快接住了陆莹莹，当场拆穿了“田小甜”的身份，还把她赶走了。

而现在……

我清楚地感觉到自己的心跳在加快。

脸越来越热，耳朵都快要烧起来了，我不由得大惊，飞快地抽回自己的手，推开了北堂景。

就在我推开北堂景的那一瞬间，我分明看到了北堂景狡黠的眼神，但我来不及细想，只觉得脑袋里嗡嗡作响。

虽然现在的情况和漫画上有些出入，我并不是假扮女仆混进来的，而是大摇大摆地走进来的，但我加速的心跳不是骗人的，而且我看北堂景竟然越看越顺眼，周围的景色也变得模糊，眼里好像只看得见他一个人……

这种感觉……

该不会是喜欢吧？

啊啊啊！

我才不要喜欢上北堂景！

站在不远处的管家看到这一幕，一副被雷劈到的样子，然后看了一下另一

个方向，干咳了两声提醒道："陆小姐过来了。"

我顿时感觉不好了。

现在我已经感觉到自己开始喜欢北堂景了，要是再按照漫画的情节发展，我站在这里不等于送死吗？

"对，对不起，我先回去了……"

我低下头，根本不敢看北堂景的表情，慌忙从后门逃跑了，连我自己都不知道我是怎么知道后门在哪里的。

救命啊！

我才不想当什么恶毒女配角，我也不想要那么悲惨的结局！

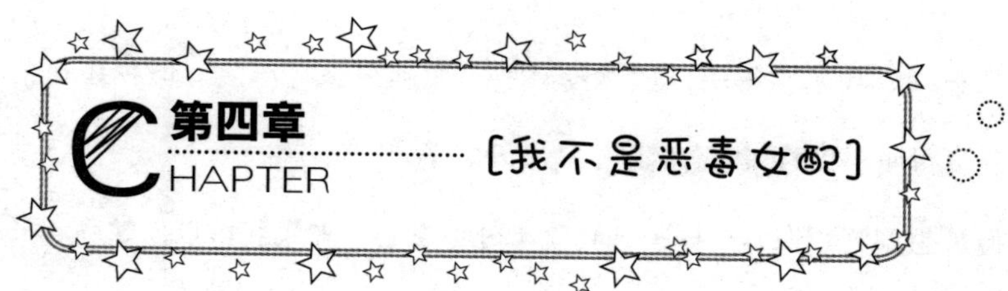

# 第四章 CHAPTER [我不是恶毒女配]

1

那天幸好我逃跑得快，虽然没有被玫瑰刺得满身伤痕，但我还是怕得要命，总觉得属于我的悲惨命运马上就要开启了。

但是想到菜心伤心的样子，我就十分不忍心，如果我可以像鸵鸟一样把头埋进土里，装作什么都不知道，该多好啊。

啊！

对了，我就当从来没有梦到过那本漫画，我不会喜欢北堂景，也不是什么“恶毒女配角”。只要找到机会让北堂景帮菜心销掉不良记录，我就跑路，再也不出现在他和陆莹莹面前，这样的话就不会有问题了。

可我还是太天真了。

第二天早上，北堂景难得没有让我帮他买早餐，也没有喊我帮他跑腿做其他事，这让本来做好准备跟他摊牌的我感到不安。

难道北堂景也感觉到我有点儿喜欢他，所以心里对我产生了厌恶（除了陆莹莹，北堂景对所有喜欢他的女生都觉得讨厌），怕我跟其他女生一样也缠着他，就不准备联系我了，钱也不打算让我还了？

虽然不让我还钱了也是一件好事，但为了菜心，我不得不接近他啊。

于是，胡思乱想了两节课后，我决定先去找北堂景。

“小甜，你在这里太好了！”

我低着头，正要下楼梯的时候，一个甜美的女声响起，一只白皙的手伸过来拉住了我的手。

“陆莹莹？”

我没想到陆莹莹会突然来找我，就算是在漫画里，她也从来没有亲自找过“田小甜”，更何况她现在跟我不熟。

但是——

“那天那串钥匙是我叫人放到你课桌里的，我知道你是袭击景的人，但是你不要误会我，我会帮你保密的，只要你……”

陆莹莹愣了愣，似乎非常纠结。

“只要我怎么样？”

我盯着她。

原来那串钥匙是她拿给我的，害我还害怕了好几天，但听她说的这些话，我怎么听出了一丝威胁的味道？

这陆莹莹和漫画里的那个小天使有点儿不一样啊。

嘿嘿！

这样更好，说明漫画里的事情也不一定会发生。

陆莹莹纠结了半天，才一脸真诚地看着我，说道：“小甜，我真的是为了

你好，你不要再接近景了，如果让他认出你就糟糕了。因为景对让自己丢脸的人毫不手软，所以你会很惨的……”

我想起了那天在舞会上遇到陆莹莹时，她对我说的话，隐隐带着一丝威胁的成分，顿时对她的印象也没漫画里好了。

好吧！

我承认，其实我只要想到漫画里多多少少因为她的缘故，“田小甜”才变得那么惨，除了对她感到恐惧外，还多了一丝厌烦。

不过，我还是希望不要跟她有任何牵扯。

如果说我为了菜心不得不接近北堂景，那么对于她，我是有多远就想躲多远，所以这些天我都成功地避开了她。

没想到她却自己找上我，到底有什么事呢？难道又像那天一样，来“忠告”我不要接近北堂景？

“小甜，你领书的时候，是不是还有一本生物书没有领到？”陆莹莹热情地问我。

“生物书？”

我疑惑地看着她。

陆莹莹赶紧晃了晃手中黄色封面的书，说道：“对啊，我今天去材料室，那里的老师让我顺便帮你带过来。”

“啊，是的！”

我的疑惑一下子解开了，看到她手上拿的那本生物书，马上明白了她是来给我送书的。

我顿时有些愧疚，说道："我去领书的时候，材料室说生物书暂时缺了，等有了再通知我去拿，但是没关系，我的朋友已经把她的书给我用了……"

我说的朋友当然就是菜心，不过想到陆莹莹对她的误解，我没有把菜心的名字说出来。

"这样啊，我还以为你会很着急呢……"

陆莹莹露出十分失望的表情，让人看了不忍心。

"你别失望啊。"我看到她的表情，顿时有种做错事的感觉，于是赶紧说道，"其实我朋友的书也要还给她的，所以还是谢谢你……"

说着，我伸手去拿她手里的书。

但是就在这个时候，她忽然瞪大了眼睛，露出惊恐的表情，接着往后一倒，就往身后摔了下去。

"啊——"

尖叫声并不是我发出来的。

我已经惊呆了，手停在半空中。

然后，我的耳边响起了另一个女生的喊声："她，是她推的！是她刚才伸手把陆莹莹推下去的！"

马上又有人跟着附和。

"好可怕！"

"我也看见了！"

"她们两个刚才在说话，陆莹莹突然被她推下楼梯了……"

……

在这些附和声中，我完全说不出话来。

我看着陆莹莹晕倒在楼梯下，看着苏牧原紧张地冲过去抱起了陆莹莹，又看着北堂景走了过来，打量我的眼神十分复杂。

怎么可能！

我明明没有推她啊！

刚才我连碰都没有碰到陆莹莹，怎么可能将她推下楼梯？可陆莹莹真的摔下楼梯了，不是吗？

这到底是怎么回事？

我的脑海里不停地闪现出漫画里的情节，漫画里的那个“我”就是在这个楼梯间，没错，就是在这个拐角将陆莹莹推下楼梯的。只是因为陆莹莹说自己和北堂景青梅竹马，和北堂景的关系多么好，所以才受了刺激，把陆莹莹推下了楼梯……

原来我还是躲不过啊！

我还天真地想着，上次在舞会发生的那一幕只不过是个巧合，只要我尽量躲过漫画里的情节，我就可以什么事都没有呢……

可笑的是，我躲来躲去终究还是没有躲过！

那接下来——

我是不是也要像漫画里那样，被北堂景推下楼去呢？

可是，当我眼睁睁地看着北堂景真的朝我走过来的时候，我还是下意识地蹲下来抱着头害怕地哭了起来。

“不要！”

我抱着头，颤抖地大声哭道：“我真的没有推她，我没有推陆莹莹，我也不知道她是怎么滚下去的，为什么要这样对我？我明明什么都没有做，还是改变不了命运吗？我真的好害怕好害怕……”

我知道按照漫画，北堂景会毫不留情地一把将我推下楼梯，结果陆莹莹只是擦伤了额头，而我却伤到了腿，以后走路都会跛着走。

呜呜！

我不想这么年轻脚就瘸了，我也不想变成漫画里的“恶毒女配”！

为什么？

那本漫画里的一切难道就是我的命运了吗？陆莹莹她是善良的女主角，我就只能做恶毒的女配角吗？

然而，我抱着头哭了很久，北堂景也没有做出什么动作。

过了半天后，只听见我的头顶响起了一声叹息，还有一个冷冷的声音：“上课了，都散了吧。”

咦？

他怎么没有动手？

我泪眼蒙眬地抬起头来，就看到北堂景居高临下凝视着我，眼神里竟然带着一丝怜惜。

他的手伸了出来，在我警惕的目光注视下又缩了回去。

“去上课吧。”北堂景淡淡地说道。

我感到很意外，没有想到北堂景什么都没做，还驱散了围观指责的人群，

这让我十分不解。

我慢慢地站起来，往楼梯下看去，却发现陆莹莹和苏牧原早就不见了。

估计苏牧原早就带着陆莹莹去医院了吧！

但是……

我歪着头看了看还站在一边若有所思的北堂景，他全身似乎笼罩着一股寒气。

奇怪！

按照漫画里的情节，北堂景在把我这个“恶毒女配角”推下楼梯后，火急火燎地想要把陆莹莹从苏牧原手中抢走，亲自送她去医院啊……

而这之后，北堂景和陆莹莹的感情才发生了巨大的变化。

2

我哪里顾得上去想北堂景的异常，我的生活马上发生了“变化”。

“果然在这里。”

我翻了好几个楼道的垃圾桶，才找到我的英语书，封面已经脏得不成样子，里面被撕掉了好几页。

到这个时候，我才意识到，不管我怎么躲，漫画里的剧情还是会发生。

连续好几天被一些无聊好事的女生暗地里挤对，不停地找我的麻烦，我都忍了过来，可现在忽然忍不住了，眼睛一热，泪水夺眶而出。

往我的课桌里丢垃圾，在凳子上涂胶水，还把崭新的英语书丢到垃圾桶里，漫画里的田小甜在故意把陆莹莹推下楼梯后，就是这么被欺负的，而我现在就在经历着和漫画里一模一样的事情。

这一切的背后无疑都是北堂景的推波助澜。

谁叫她敢伤了女主角呢？

可是……

我明明已经躲他们躲得那么辛苦了，我也没有喜欢上北堂景，更没有因为嫉妒跑去推陆莹莹，我甚至都不知道她怎么会摔下楼梯的。我还是觉得那天陆莹莹表现得很奇怪，她好像是故意摔下去的。

虽然我不知道她为什么要那么做来算计我，但我知道，我说什么都不会有人相信，也不会有人同情我。

在那些女生眼中，我就是活该，就算她们不待见陆莹莹，就算她家落魄了，她还是一个公主，而我什么都不是。

不过，我并没做错什么，所以我不会就这么屈服，也不会像漫画里的田小甜那样，为了让北堂景多看几眼，竟然跛着脚去给陆莹莹道歉。

“你不要哭，你不是漫画里的田小甜，你才没有那么没用呢！”

我吸了吸鼻子，用衣袖擦了擦脸上的眼泪，拿着脏兮兮的英语书，抬起头就看到了对面一脸阴沉的北堂景。

他用一种奇怪的眼神盯着我，眉头深深地皱起。

“谁做的？”

冷冽的语气让我浑身一颤。

北堂景见我不回答，收回了眼神，面无表情地转身就走，全身散发出一种冰冷的气息。

跟他相处这么久，我非常了解，这是他生气的信号。

“等，等一下。”

我的心里一阵发毛，喊住要走的北堂景，慌忙解释道：“虽然我知道你肯定不信，但我还是要跟你解释。那天我真的没有推陆莹莹下楼，我也不知道为什么她会从楼梯上摔下去，我当时伸出手是想接过她手中的书，如果我知道她会……”

说着说着，刚才好不容易忍住的泪水又委屈地流下来，止也止不住，顿时我觉得自己就像一个傻瓜一样，在北堂景面前哭出声来。

不要哭！

你明知道就算你哭得再惨，北堂景也不会同情你的，他可是男主大人，他永远只会站在陆莹莹那边。

“我知道。”

轻柔的声音响起来的时候，我觉得自己产生幻听了。

在我模糊的视线中，北堂景一步步地走到我的面前，他完美的脸庞离我越来越近。他俯下身来，眼神竟然是从未有过的柔和。

我没有因为他的眼神而放松下来，反而心里咯噔一下，更害怕了。

“你……你别过来，我……我……”

呜呜……

他该不会为了陆莹莹要动手打我吧？

我的眼泪流得更厉害了，漫画里的北堂景从来不会打人的，看来为了陆莹莹，他这是要变坏了吗？

可北堂景并没有打我。

他凝视着我，慢慢地伸出左手，抹了抹我眼角的泪水，冰凉的手指抚过我的脸，让我全身的细胞都停止了运动。

他在干吗？

就在我完全傻眼，不知道该怎么回应时，他又伸出手揉了揉我头顶的头发，淡淡地说道：“我会解决的。”

从头到尾只有简单的八个字，却让我感觉像做了一场梦。

这么温柔的男主大人，怎么可能出现在现实里？不用想，如果不是我眼花，就是在做梦。

天啦！

现在做梦不光是梦到漫画，连真人版的都有了。可是，这剧情完全不对啊，难道是漫画改编的真人版电视剧？

想到这里，我做了一件蠢事——我捏住了自己的脸，用力一掐。

“啊——”

我的尖叫声在走廊里荡漾开来。

没错，刚才那个人就是北堂景，冰窟窿似的永远寒着脸的男主角，竟然对我那么温柔地说话了。

完了！

漫画剧情彻底变了！

本来还想着既然躲不过里面的情节，我就勇敢地面对，至少我还知道接下来会发生什么，可是现在……

北堂景好像拿错剧本了，这到底是怎么回事？

他为什么忽然对我这么好？难道有什么阴谋？

难道他想先用“美男计”把我迷得晕乎乎的，按照剧情真的喜欢上他，再来一步步对付我？

呃，北堂景的设定有冷漠、霸道、强势，但好像没有变态这项吧？依照他的性格，要想对付一个人，没必要这么拐弯抹角。

我怎么想都想不通。

想了一会儿后干脆不想了，反正都变成这样了，兵来将挡，水来土掩，我是恶毒女配角，我怕谁……

虽然我打算破罐子破摔，但也没有真的想成为“恶毒女配角”，跟陆莹莹对着来，当然也不会跟她道歉。

我也是有底线的，我又没有推她，跟她道歉的话，就代表我做过这件事，我才不会害自己呢！

让我没有想到的是，第二天我来到学校的时候，情况有了很大的改变。

“咦？这是谁的英语书？”

我拿起桌上崭新的英语书，疑惑地往四周看去，最后将目光落在同桌曲倩身上。

“哼！”她翻了一个白眼，阴阳怪气地说，“明知故问！在你桌上的当然是你的书，你本事可大着呢，以后还是少跟我说话，万一我哪天不小心得罪了你就不好了……”

“你什么意思？”

我皱起眉头，听出她话里的嘲讽和嫉妒。

奇怪！

我好像没有跟她发生过冲突吧？

“狐狸精。”

曲倩小声骂了一句，就转过身去，跟后桌的女生说起话来。

她刚才骂我什么？

那个词好像跟我完全不搭边吧，就算是漫画里，“我”也只是被骂“恶毒”“丑人多作怪”“恶心”之类的，呃……好像也不怎么好听，但“狐狸精”什么的，首先得长得漂亮吧？

等等，我这是在干吗？

别人都这么骂我了，我怎么不生气，却在这里给自己抹黑？果然漫画对我的影响力太大了，我总是会不由自主地想到里面的情节。

“唉！”

我叹了口气，坐了下来。

可是坐下没多久，我就感觉后背有些发凉，猛地回过头看去，发现前几天欺负我的几个女生正朝我投来嫉恨的目光。可等我跟她们的眼神对上时，她们又像是在害怕我，躲开了我的视线。

她们该不会又在打什么主意吧？

等一下……

我仔细地往她们桌上看了看，竟然发现她们所有课本的封面都变得脏兮兮的，比我那本从垃圾堆里捡来的英语书还要惨。

不知道为什么，我想到了昨天下午……

“我知道。”

轻柔的声音响起来的时候，我觉得自己产生幻听了。

在我模糊的视线中，北堂景一步步地走到我的面前，他完美的脸庞离我越来越近。他俯下身来，眼神竟然是从未有过的柔和。

……

他凝视着我，慢慢地伸出左手，抹了抹我眼角的泪水，冰凉的手指抚过我的脸，让我全身的细胞都停止了运动。

他在干吗?

就在我完全傻眼，不知道该怎么回应时，他又伸出手揉了揉我头顶的头发，淡淡地说道：“我会解决的。”

脑海里有一个大胆的猜测就要跳出来，一种十分诡异的感觉从我的心里升起，这一切该不会真的是北堂景做的吧？

不是！

绝对不是北堂景！

因为我找不出他帮我的理由，我可是推了陆莹莹的“凶手”，他不对付我就已经是仁慈了，怎么可能还会出手帮我？

“嗡嗡嗡——”

我的手机在口袋里震动，是一个陌生的号码。

3

“喂。”

按下接听键后，那边传来一个尖锐的女声：“田小甜是吧，没想到你还挺厉害的啊，一出手就那么彪悍，也算是给我报了仇了，我就勉强让你加入我们的联盟吧。陆莹莹那臭丫头就该得到教训，陆家都快破产了，她还那么嚣张，一天到晚缠着北堂景……”

那边噼里啪啦说个不停，我完全蒙了，半天才打断她：“你好，请问你是哪位？我们认识吗？”

“你不认识我？”

对方的音量一下子提高了，好像我不认识她是多么不可思议的事。

“呃？我需要认识你吗？”

我愣了一下。

虽然我觉得声音有点儿熟悉，但还真想不起来是谁，而且对方好像很恨陆莹莹。

电话那边沉默了一阵，估计是在压抑怒火，然后我听到她十分不爽地自我

介绍道：“我是孙妍，我爷爷是孙氏集团的董事长，我爸爸是北堂学院的校长，你竟然不知道我是谁？你转学过来之前都没有打听清楚吗？”

这种事我需要打听吗？

虽然这么想，可我没说出来。

现在我总算知道她是谁了，在漫画里，这个孙妍除了在开场出来打了个酱油外，在后面的情节也出现过，不过她的下场比漫画里的“我”还要惨。

孙妍的手在出场时被苏牧原伤了后，在家里养了快一个月，她回到学校就策划了一次事件想要对付陆莹莹。谁知道孙妍还没出手就被人出卖，让北堂景知道了，下了一个套让孙妍钻进去，结果她自己害了自己，脸上留下一个好大的疤痕，最后家里为了面子把她送到法国一所大学去留学了。

说起来，她是一个比我还要悲剧的角色呢！

“现在知道我是谁了，是不是觉得很荣幸？”她冷哼一声后，继续说道，“不过，虽然我允许你加入我们的联盟，但是我警告你，你不能像那个陆莹莹一样喜欢北堂景。他可是我们孙家给我选好的男朋友，以后是要跟我在一起的……”

“你放心，我绝对不会喜欢北堂景的，不过……你说的是什么联盟？”

“当然是对付陆莹莹的联盟了！”

这都是什么啊……

我翻了一个白眼，要是我真的加入了，恐怕我会死得更快吧。

我斟酌了一下，问道：“我可以拒绝吗？”

“不可以。”孙妍理所当然地说道，“好了，就这么愉快地决定了，我的手好得也差不多了，等我去整形医院再割个双眼皮，我就回学校找你……”

说完，她挂断了电话。

“嘟嘟嘟——”

听着电话里传来的忙音，我一点儿都愉快不起来。

我这是莫名其妙地被她当成队友了，漫画里也没有这一段啊，我也没和孙妍组过什么联盟啊……

苍天啊！

求你放过我这个可怜的人吧！

让我赶紧帮菜心解决问题，赶快逃离这个地方吧！

我还没郁闷完，手机又震动了一下，竟然是北堂景发来的短信：“中午我想吃学校附近的比萨。”

学校附近的那家比萨店，我记得以前我在网上看到美食推荐的时候，就垂涎着和菜心说，等以后我拿到了奖学金就带菜心去吃。

可现在菜心已经被逼得离开北堂学院了，我又莫名其妙地要变成“恶毒女配角”，这一切的源头都是北堂景。要不是他一心只想着陆莹莹，把怒火发在菜心身上，我和菜心现在都好好的！

想到这里，我的眼神变得暗淡，心情更糟了。

吃什么吃啊，我想把你吃了！

我愤恨地回复他，才猛地惊醒过来，可这时候短信已经发出去了。我整个人都吓傻了，站起来，双手抱头，发出一声尖叫——

“啊！这回我死定了！”

周围的同学听到尖叫，都朝我投来鄙视的目光。

这时候，老师走进来，看到我一脸沮丧的表情，关心地问道：“田小甜，你怎么了？身体不舒服吗？”

“没有，就是胃疼、肝疼、全身痛……”我无奈地坐下，眼神涣散地回答道。

“小小年纪说什么呢！”老师可能发现我没有什么问题，皱了皱眉头，没好气地说道，马上又想到了什么，突然谄媚一笑，温柔地说，“小甜啊，如果真的哪里不舒服，跟老师说，你要是有个意外，老师也负责不起。”

“哦。”

我全然不在意地点着头。

挣扎了一下后，我又摸出了手机，盯着屏幕看。

果然，北堂景没有回我短信，估计正在那边生气呢，一想到他的黑脸，我整个人都不好了。

但是我又不敢再发短信给他，那么做显然是自己找罪受。

我就这么忐忑不安地上着课，忽然手机又震动起来，我惊了一下，赶紧拿出手机。

竟然是北堂景发来的短信！

我战战兢兢地点开了短信，上面只有一句话——

你如果吃得下，我也不介意。

啊！

他这句话是什么意思啊？

为什么我觉得这句话有调戏的感觉？还是这只是我的错觉？

我盯着这条短信，一直恍恍惚惚的，直到上午的课结束，在下课铃声中，总算想到了北堂景说的比萨店。

结果我还是认命地去买了比萨。

等我带着排了半个小时队才买到的比萨回到学校的时候，就看到公告栏前围满了人，不由得好奇起来。

平时这个时间，大家都在教室休息呢，出了什么事吗？

于是，我也跟着凑了过去，可那些围在公告栏边的同学们看到我后都露出了奇怪的眼神，还交头接耳地指着我议论。

“我说，你相信吗？”

“说实话，我不怎么相信，可那陆莹莹都贴了声明，学校应该不会处分她了。”

“这件事情很诡异啊，以北堂景的作风，怎么会这么快了事？北堂景那么护着陆莹莹，以前那些有点儿小动作的人，哪个不是下场特别惨。”

“对啊，就是苏牧原也不会善罢甘休吧……”

“苏牧原最近好像去参加国际小提琴大赛了！”

……

在大家八卦的眼神下，我往公告栏看过去，上面竟然贴着陆莹莹的声明书，说自己摔下楼跟我没有关系，是因为她当时刚好眩晕症发作了，而她只是擦伤了额头，有轻微脑震荡，现在在家里休息。

看了声明之后，我的心情瞬间好了很多。

原来是眩晕症发作，才会忽然摔下楼的。

我说嘛，女主角就是女主角，陆莹莹那么善良，干吗要算计我呢？我也太小心眼了，把她想得那么坏。

不过她也真的倒霉，明明我这个“恶毒女配角”都没有推她，老天还不肯放过她这个女主角，硬是让她受了伤。

等见到她，一定要安慰她一下。

毕竟我当时在她身边，如果能反应快一点儿，说不定还能拉住她，她也不会擦伤额头，还脑震荡了。

看到声明后，我整个人都放松下来了，就连见到北堂景的时候都有了笑容。

“你的心情很好？”

北堂景没有接我递过去的比萨，反而眯着眼睛问我。

“是啊，陆莹莹贴了声明出来，说她是由于眩晕症才摔下楼梯的，不关我的事……”我欢快地点头，扬眉吐气般看着北堂景，“所以你也不要再误会是我把她推下楼梯的，还来对付我，知道吗？”

“嗯？”北堂景提高了音量。

我一个激灵，清醒了不少，挂上谄媚的笑容说：“呵呵，我的意思是，你就大人不计小人过，不要跟我计较这件事了。”

“真是没心没肺。”北堂景无奈地摇了摇头，看着我，嘴角微微扬起，“看在我今天心情也很好的分上，这份比萨就给你吃了。”

“真的吗？”

我的口水流下来，不敢相信地问他。

北堂景在短信中并没有说想要什么口味的比萨，而我买比萨的时候又不敢问他，所以就买了自己喜欢吃的口味。

见北堂景点头，早就被比萨的香气吸引的我忍不住拿起来往嘴里送。毫不客气地吃了一大半后，我想起一个问题来。

我舔了舔嘴唇，猛地抬起头，却恰好对上北堂景专注地看着我的眼神，吓得我手里的比萨都掉在了地上。

他为什么这么看着我？

北堂景见我瞪大眼睛望在他，一点儿也没有掩饰，反而落落大方地问："就吃饱了吗？还有一块呢。"

"嗝。"

虽然我被他诡异的态度惊得打了一个饱嗝，但我并没有饱，不过我还是点了点头，刚才想问的问题也卡在喉咙里。

我本来想问他，我把比萨都吃了，他要吃什么。

就在我发愣时，北堂景的声音又响了起来："为了方便你以后给我跑腿，我打了一些钱到你的卡上。"

"哦。"

我茫然地点头。

"要上课了，你先回去吧。"

等我想到哪里不对劲的时候，我已经回到教室了，而且手里还拿着剩下一块比萨的盒子，手上的油渍告诉我刚才的一切都不是梦！

啊啊啊——

谁能告诉我，刚才那个人是不是北堂景啊？他到底为什么会突然对我这么好啊？

难道……是因为觉得一开始冤枉了我，为了补救，为了跟我道歉，所以才对我这么好的，还把比萨也让给我吃？

嗯！

肯定是这个原因！

我越想就觉得自己想的是对的，对于北堂景的态度，我也只能得出这样的结论了，不然也没有别的原因能解释他的行为。

4

接下来的几天，我过得特别安静。

安静到什么程度呢？

除了北堂景，学校里几乎没有一个同学跟我说话。只要我出现的地方，没有一个人会和我接近，包括班上那几个欺负我的女生，只要看到我，就好像见到鬼似的，离我几丈远还嫌少。

而我好像莫名其妙地变成了北堂景的跟班，每次他打电话给我，我就要过去帮他做这做那，虽然都是一些小事，但……

我总觉得哪里怪怪的。

陆莹莹生病了，还摔了头，按照漫画的发展，这个时候他不应该陪在她身边，两个人趁机培养感情吗？

难道他们吵架了？

不对啊，漫画里我这个“恶毒女配角”把陆莹莹推下楼梯后，北堂景难得对病床上的陆莹莹露出了他不为人知的温柔的一面，让陆莹莹心如小鹿乱撞，两个人还在医院里不小心接吻了啊！

可是……说到吻，为什么一想到漫画里他们两个亲吻的画面，我的心里就有一丝酸涩的感觉，还会闷闷的？

难道我对北堂景……

呸呸！

田小甜，你不要乱想，你忘记你接近北堂景的目的了吗？没错，不管陆莹莹和北堂景怎么样，你现在的首要任务是赶紧跟北堂景说菜心的事情。

对了！

这些天我这么兢兢业业地帮北堂景跑腿，他看在我这么努力的分上，应该会帮菜心取消记大过的处分记录吧。

我一边胡思乱想，一边搬着一大沓资料在走廊里走着，完全没看到转角处走出来的人。

“哗哗哗——”

“砰——”

我和那个人撞了个正着，资料掉得到处都是，而那个人身上背的什么东西也被我这一撞，掉在地上，摔得很响。

“对，对不起……”

我道完歉，然后蹲下身去查看掉在地上的东西。

那是一把装在黑色盒子里的小提琴，黑色盒子已经被摔开，我看到那把几乎四分五裂的小提琴后，惊讶地抬起了头。

苏牧原？

我就知道是他的！

楼梯事件的第二天，他就离开了北堂学院，去美国参加一个国际小提琴大赛。而这个国际小提琴大赛在漫画里也提到过，他领奖归来的时候，发现陆莹莹不知不觉跟北堂景的关系进了一步，后悔得要命。

可这并不是我要关心的。

我心里想的是，我这次肯定要栽在他手上了。

先是“推了”陆莹莹被他看到，现在又把他的小提琴摔坏了，这一个星期积累的怨气估计要爆发了吧。

你看你看，他连温柔的笑意都装不出来了。

我腿软地瘫倒在地上。

看到苏牧原看了一眼摔坏的小提琴，又看了看我，对我皱起眉头，朝我伸出一只手来，我一下子就害怕了。

看吧！

他竟然气得要亲自对我动手了。

我可没忘记，苏牧原可是学过跆拳道、柔道还有拳击的，他这一巴掌下来，我可能会直接躺在病床上。

“不要打我！”我顾不得还蹲在地上，先下手为强，用力抱住他伸出的那只手，大声地叫起来，“对不起，我知道错了，我不应该摔坏你的小提琴，但我真的没有推陆莹莹下楼。只要你原谅我，我就麻利地滚得远远的，以后再也不出现在你们面前……”

“小甜，你误会了！”苏牧原的声音有点儿窘迫，他轻笑一声，说道，“难道我在你心目中就这么可怕吗？我不会打你的……”

“真的吗？”

我含着泪，小心翼翼地看着他。

苏牧原一副头疼的模样，摸着额头，说道：“我到底对你做过什么，让你对我的印象这么差？难道是那天……”

说到这里，他明显愣了愣，脸上闪过一丝尴尬：“我记起来了，那天你也在舞会现场吧？那天……孙妍一向下手不分轻重，我是担心莹莹会受到伤害，所以一着急就用力了些……”

呵呵，什么叫“一着急就用力了些”，你分明是一出手差点儿把人家的手弄断了。

也对！

孙妍比起“你们家”莹莹来说，算得了什么呢？

我不置可否地撇撇嘴，不敢把心里话说出来，又看了看摔坏的小提琴，说道：“可是，我把你最喜欢的小提琴摔坏了，你也不生气吗？”

“你怎么知道这把小提琴是我最喜欢的？”苏牧原吃惊地问道，然后对我遗憾地笑了笑，“它不是你摔坏的，我回国的时候就在机场被人撞坏了，跟你

没有关系……”

“啊？”我眨了眨眼睛，又确认了一遍，“所以说，不关我的事吗？”

“嗯。”

苏牧原点了点头。

可我还是警惕地看着他，又问道：“你不会为了给陆莹莹报仇，转过身就故意把这件事推在我头上吧？”

“小甜，原来我真的被你想得那么不堪……”苏牧原的脸一僵，然后露出一丝苦笑，竖起了两根手指，“如果你不相信，我发誓吧，我以后绝对不会因为莹莹对你做什么……”

说到这里，他顿了一下，好像想到什么不好的事，整个人都变得阴郁起来，喃喃自语道：“是啊，她已经不再是我的莹莹了，我的莹莹怎么可能会变得那么陌生！”

“怎么了？”

我随口就问。

看他这个样子，该不会是……

对了，我记起来了！漫画里，苏牧原参加完国际小提琴比赛回国后，第一件事就是去看陆莹莹，却发现她跟北堂景甜蜜地吃着同一个冰激凌……

天啊！我好像知道了什么不得了的事。

咦？我为什么会关心他啊？对一个随时都可能为了女主角消灭掉我这个“恶毒女配角”的人，我躲都来不及呢！

难道今天早上被门夹了一下，脑袋真的被夹坏了？

“没什么。”在我纠结的时候，苏牧原已经恢复过来，他依然笑得温柔，“总之，小甜，你可以放心，我不会伤害你的……你可以不要怕我吗？”

“呃？”我愣住了。

苏牧原看着我的眼神那么真诚又温柔，像带着薄荷味的清风，把我心里那些乱七八糟的思绪都吹走，只剩下一片安宁。

我歪着头，仔细地想了想，用力地点头。

“嗯，其实说起来，我也不怎么怕你，因为跟北堂景比起来，你好多了……”

“呵呵，你可是第二个说我比景好的人，第一个是……”

苏牧原的脸色变了变，不用想我也知道他说的第一个人是谁，除了陆莹莹应该就没别人了。

为了不让他伤心，我很善解人意地帮他转移话题：“啊，我想起来了，我认识一个很会修小提琴的老师傅，他就住在我以前的家旁边的巷子里。老师傅已经修了三十多年的小提琴，他说不定能帮你修好哦！”

“是吗？那谢谢你了。”苏牧原重新露出微笑，“这把小提琴对我的意义很大，我还以为这次肯定修不好了，没想到你会帮忙……”

“呵呵，我也是拿去试一试。”我不好意思地抓抓后脑勺，讪讪地笑着。

其实，我这么热心也是有目的的，我是为了能跟苏牧原搞好关系才帮他的。要是真的能修好，他就欠我一个人情，到时候要是漫画里的剧情真的实现了，他就不会像漫画里的“苏牧原”那样对我了，不是吗？

我这么一想，更高兴了。

于是，我蹲下身去拿小提琴。

“那我先把小提琴拿过去问问，如果真的能修好，我再拿回来给你……”

“我先把它装起来再给你……”

没想到苏牧原也想要去拿小提琴。

就这样，我们俩的手刚好搭在了一起，由于苏牧原的身体前倾，他又比我高很多，所以从远处看上去，我们俩就像抱在一起……

而事实也差不多。

我们俩的脸隔得很近，他脸上每一个毛孔都清晰地展现在我面前，他的气息喷在我的脸上，让我紧张得喘不过气来。

我的脸肯定红了。

我们就这样看着对方，也不知道在想什么。

“牧原，你们在干什么呢？”就在这个时候，陆莹莹的声音忽然插了进来，打断了我们之间暧昧的气氛。

我慌忙退了一步，退得太急，摔在了地上。

可我已经顾不上这些了，因为我一转过头，就和陆莹莹身边的那个人对视了，那个人正是北堂景。

他冰冷的眼神吓得我一激灵。

这一幕究竟是怎么回事？

北堂景的表情是什么意思？

我又不是陆莹莹！

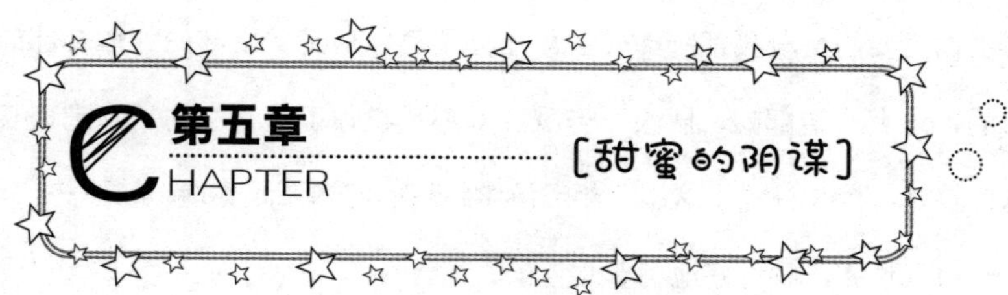

# 第五章 CHAPTER

## [甜蜜的阴谋]

1

“你需要的资料我都打印好了，还分了类，这是文娱部的、体育部的、纪检部的，还有宣传部的，四眼……哦，刘部长说你下午有空的话，到校长室去一趟比较好，校长说关于这次三年级游学经费的问题要跟你谈一谈……”

一口气说完，我讨好地看着北堂景。

可他连头都没抬起来，只是点了点头，说道：“知道了。”

唉，都已经三天了！

自从那天看到我和苏牧原在一起的画面后，北堂景就没给过我好脸色，我本来不心虚，现在都被他弄得心虚了。

他在生气，我却不知道他为什么生气。

虽然脑海里偶尔也闪过一个念头，觉得他可能在吃醋，不过这种想法马上就被我否定了。这可不是我不自信，而是漫画的内容已经深深地印在我的脑海里，北堂景喜欢的人是陆莹莹。

烦死了！

眼看着前几天我和北堂景的关系有了好转，我就想着找个机会赶快给菜心求情，赶快离开这里，哪知道一转眼又陷入了僵局。

老天爷，你是故意整我吗？

可能是我长时间的发呆引起了北堂景的注意，他抬起头来，皱着眉头盯着我，问道："你有话要跟我说？"

"我……"我犹豫了一下，觉得这么下去也不是办法，于是咽了咽口水，说，"北堂景……其实那天是我不小心撞到了苏牧原，还以为自己弄坏了他的小提琴。虽然他说了不是我弄坏的，但我刚好知道一个会修小提琴的师傅，就打算帮他，好和他搞好关系……"

气氛非常不对啊！

我发现北堂景的脸色越来越黑，他的眼神如利箭般朝我射过来，我吓得脚都软了。

"你要跟我说什么？"北堂景伸出右手，一下又一下地敲着桌面，仿佛敲打着我的心脏一般，"你要跟我说，你很喜欢他？"

"不不不，怎么可能啊！"我赶紧摆手，"你不要误会啊，我一点儿都不喜欢他，我巴不得离他越远越好呢……"

"是吗？"

北堂景的脸色有了好转，但还是看不出其他表情。

"嗯，我发誓。"

我竖起两根手指，就差跪下来了。

"呵呵。"又盯着我看了一会儿，似乎想到什么，北堂景的唇角忽然勾起一个微笑，朝我勾了勾手指头，"你过来。"

呃，好惊悚！

北堂景笑的时候比不笑的时候还可怕！

我硬着头皮朝他走过去，等到离他大概半米远，我再也不敢往前了，还是和北堂景保持安全距离好。

“喂，我都发誓了，你还想怎么样？”我戒备地看着他，用自己才能听见的声音小声埋怨道，“也不知道你哪根神经搭错了，不去跟陆莹莹培养感情，每天盯着我这个恶毒女配角干什么……”

“甜甜。”

“啊？”

我猛地一惊，就发现北堂景的手已经伸到我的面前。他摸了摸我耳边落下的头发，修长的手指上多了一小块蛋糕屑。

“你是不是偷吃我的蛋糕了？嗯？”

咚咚！

咚咚！

北堂景忽然的接近让我心跳如擂鼓，我一时间连他问了什么都没听见，等我回过神来，心中警铃大作。

“我……我以为你不会吃呢。”我尴尬得脸发烫，声音也越来越小，“以前每次你都只是指使我买各种美食，但自己又挑三拣四不吃，最后都让我吃掉了，不就是故意整我吗……”

“呃？”北堂景的声调往上一扬，然后慵懒地往椅背上靠去，眯着眼睛盯着我，“甜甜，你真的觉得我这是在故意整你？”

“不是吗？”

我疑惑地眨了眨眼，总觉得哪里不对劲。

啊！

北堂景叫我什么？甜甜？

仿佛是为了印证我的疑惑，北堂景忽然朝我凑近，低沉的嗓音响起来：“甜甜，或许你真该看看我若是要整一个人是什么样子，我可不愿意花任何精力在一个我讨厌的人身上……”

北堂景的脸近在咫尺，他的气息喷在我的脸上，痒痒的，我的心跳跟着漏了一拍。

他的话让我变得更加迷惑。

什么意思？

为什么我听不懂他说的话？

就在我发呆的时候，北堂景的手机响了起来，他皱了皱眉头，拿起手机看了看，脸上露出了一丝不耐烦。

“喂，莹莹。”

他接了电话，表情恢复成原本的冷漠。

陆莹莹？

我从发呆中清醒过来，看到北堂景正在点头，声音听不出喜怒：“我知道今天是你的生日，也收到短信了……”

电话那头的陆莹莹不知道又说了什么，北堂景忽然朝我看过来，看得我一阵发怵，却听到他说：“我会去的。”

说完，他也不等那边的反应，就挂断了电话。

啊！

我想起来了！

在漫画里有这么一段，而且还是关键的一段，陆莹莹生日这天，北堂景和她约好一起去吃晚饭，结果没想到北堂景被绑架，而陆莹莹也跟着遭了殃。不过两人有惊无险，反而患难见真情，感情大增……

如果……

我看了看北堂景的脸，在心里做了一个胆大的决定——

所谓富贵险中求，如果这次北堂景真的被绑架的话，我可以借着自己知道的漫画剧情，在北堂景面前来个英勇无畏的表现，装作救了他，博得他的好感，再顺便在那个时候替菜心求情，他肯定会答应吧！

想到这里，我几乎想也不想就说道："北堂景，我跟你一起去！"

"你要跟我一起去？"北堂景似乎对我的决定感到吃惊，然后颇有深意地看了我一眼，"你知道我要去哪里吗？"

"你，你不是去跟陆莹莹一起吃晚饭吗？"我小心地问道。

难道不对？他没打算接受陆莹莹的邀请去吃晚饭？

"是没错。"北堂景摸了摸下巴，看着我问，"可是，你为什么会想跟我一起去？我为什么要带你去？"

呃……

北堂景的两个问题问得我哑口无言。

是啊，今天是陆莹莹的生日，我和她的关系连朋友都算不上，我以什么名义跟着去呢？而且我跟着去了，就是一个超级大的电灯泡，他们俩都不会欢迎我吧？

"那我……还是不……"

我结结巴巴了半天，正在心里叹息这个机会用不上的时候，北堂景却忽然出声打断了我："我带你去。"

"啊？"

他说要带我去？

今天北堂景为什么这么反复无常？他刚才说的那些话听起来明明就是不愿意带我去啊！

"走吧。"

说完，我就被北堂景拽出了学生会办公室。

等我回过神来时，已经坐在车上，而且我马上发现了更诡异的地方，北堂景竟然牵着我的手……

"啊啊啊——"

我尖叫着甩开北堂景的手。

北堂景因为我过激的反应，脸色一下子就黑了。

"叫什么，只是牵个手就让你这么反感吗？"

"不，不是的，我……"感觉到车内的气温突然下降，我咽了咽口水，硬着头皮问，"北堂景，你今天是不是生病了？"

其实，我更想说的是，他今天太不正常了！

我的话一问完，车内的气温猛地降到了冰点，而那个散发出寒冷气息的家伙显然就是北堂景了。此时他的脸色难看到前面的司机都吓到手抖，车子控制不住地往右边拐了一下，猛地停了下来。

"怎么了？"

北堂景皱起眉头来。

"少，少爷，车子好像熄火了……"

司机小声地报告。

北堂景冷着脸朝车子外面看了看，又扫了我一眼。

“下车。”说完，他好像一点儿也不想跟我待在同一个空间似的，拉开车门就下去了。

“哦。”

我答应着，可是偏偏右边的车门怎么也打不开，所以我只能跟着北堂景往左边下了车。

没想到才踏出一只脚，我的嘴就被人捂住，浓烈的气味传来，我眼前一黑，晕了过去。

没错，我成功地替代陆莹莹被绑架了！

等我迷迷糊糊地醒过来，就发现我和北堂景被绑在了一起，而北堂景还没有醒过来，看来绑架的人在他身上用的麻药比较厉害。

我环顾了四周一圈，竟然跟漫画里面的场景一模一样！

我忽然有一种兴奋的感觉，这是怎么回事？

天啊！

那四个叠在一起的车轮胎，左边那一堆废弃的钢材，还有右边那个破损的墙洞，简直就是漫画的还原嘛！

然后小混混们该出场了？

果然，没多久，一群穿着打扮都很夸张的小混混走了进来，带头的那个竟然真的是戴着眼罩的独眼龙，还有他的两颗大门牙竟然比漫画里的还要大。他走进来的时候，我第一眼看到的就是他的大门牙。

“这小丫头跟照片上的怎么对不上啊？让你们绑个人都绑不对，你们这样，我怎么跟老板交代啊？”独眼龙拿出一张照片，对着我比了比，凶巴巴地说道。

他一说话，就露出了两颗大门牙，想到漫画里的他最后被磕掉两颗大门牙，我忍不住笑了起来。

“哈哈哈……”

不行了，我的眼泪都快笑出来了。

我的笑声让他们愣住了，半天，独眼龙凶狠地朝我看过来。

“小丫头，你笑什么？死到临头了还笑得出来，难道你不怕我们吗？”

“对，对不起啊。”

我想要用手去擦眼泪，却发现手被绑着，又看到似乎要苏醒过来的北堂景。

我马上灵机一动，扯开嗓子哀号起来：“北堂景，北堂景，你醒了吗？呜呜，这里好可怕，还有一群长得很可怕的坏人，你快点儿醒过来啊……”

小混混们面面相觑。

其中一个穿着花衣服、染着一头黄毛的小混混小声对独眼龙说：“老大，这小丫头该不会被我们吓傻了吧，又哭又笑的。”

你们才傻呢！

这个时候，我当然要在北堂景面前增加存在感了，让他知道我很害怕，等下我这个尽管害怕还英勇地救了他的“救命恩人”才能让他更感动，然后我再替菜心求情，肯定十拿九稳……

北堂景已经苏醒过来，在看到我的一刹那，眼神里闪过一丝担忧，然后目

光变得凌厉起来，看向那群小混混。

“你们知道我是谁吗？”

低沉的嗓音一响起，我就看到独眼龙抖了抖，大门牙都快磕到下巴了。

哇！

好帅，比漫画里还要有气势！

我在一旁已经变成了星星眼，可能是环境的原因，此时此刻我竟然对北堂景产生了依赖的感觉。

“我们……我们当然知道你是谁啊，就是知道你是北堂景才绑了你！”独眼龙看了看差点儿往后退的小弟们，气不打一处来，拿出了老大的架势，“你们怕什么，你们忘了他是个脸盲吗？”

“对哦，老大，你太英明了，反正他也记不住我们长什么样！”

“是啊是啊，我们就是这样才敢绑他的……”

“不然谁敢冒这个险啊！”

……

几个小混混，附和的附和，拍马屁的拍马屁，场面一下子变得对他们有利了，还有几个人朝我们这边走近了。

一个香肠嘴的小混混伸手就要过来调戏我：“这丫头虽然长着一张包子脸，仔细看还挺可爱的……”

我吓了一跳，赶紧别过脸。

小混混的手还没有碰到我，北堂景的声音就冷冷地响起来：“如果你还想留着自己的手，最好不要乱动。”

绝对零度的寒冷，让我毛骨悚然起来。

我朝北堂景看过去，只见他的眼睛里看不到一丝光芒，只有无边的黑暗，顿时一种恐惧的感觉朝我袭来。

“北堂景……”

我颤抖着看过去。

然而，北堂景听到我的呼喊的一瞬间，眼神似乎清明起来，他皱起眉头，看了看我：“别害怕，不会有事的。”

我的心脏忽然漏跳了一拍。

上次我因为推陆莹莹下楼的事，被人欺负的时候，他也只说了八个字——“我知道，我会解决的”，然后那些女生就被人整了回去，不敢再欺负我，而陆莹莹也出来解释，事情真的很快就解决了。

不知道为什么，因为这八个字，我竟然在心里产生了一丝希冀，尽管连我自己也不明白在期望着什么。

而那个朝我伸过手来的小混混被北堂景那么一看后，就吓得缩回了手，可能觉得丢了面子，嘴硬地喊道：“现在还那么嚣张，等下有你好受。”

“嗡嗡嗡——”

就在这时，独眼龙的手机响了，他走到一边去接电话，接完之后脸色大变。

“老板，你怎么知道我绑错人了？”

那边不知道又说了什么，独眼龙忽然转过头来打量我，然后呵呵地笑起来：“我知道，我知道，既然你看这丫头也不顺眼，我帮你教训她就是，那……真的要把北堂景放了吗？他好像很护着那丫头……”

独眼龙的话让我的身体不由得一抖，疑惑起来。

说起来，漫画里并没有交代到底是谁绑架了北堂景和陆莹莹，只是从这里开始，两个人的感情有了转折……

不过，依照北堂景的性格，事后他不可能不去查到底是谁绑架他们，怎么想都觉得这里是个大漏洞……不过漫画我也只是在梦里见过，也许后面有交代过，我没有看到而已。

我正在胡思乱想，却没发现独眼龙已经挂了电话，脸色阴沉地走过来。

“把他丢回车上去。”独眼龙吩咐道。

“老大，怎么回事？”黄毛小混混大着胆子问道。

“我哪知道这个老板怎么回事，竟然叫我们把抓到的人放了，还让我们教训这个本来抓错的丫头。”

独眼龙烦躁地挥了挥手，对几个手下说：“反正给钱的就是大爷，你们几个还想不想拿钱了？”

几个小混混连忙点头。

其中两个就要过来抓北堂景，却被他冷冷地瞪了一眼。

“我现在给你们一个机会，告诉我幕后的人是谁。”

“喂，北堂景，你不要不识好歹，我们已经打算放了你。”

独眼龙气得翻起白眼来。

“是吗？我可没有打算放了你。”

北堂景看了看我，视线落在我被绑着的手腕上，由于绳子绑得太紧，上面已经出现了几道显眼的勒痕。

然后，他皱起眉头来，用冰冷的口气说道：“除非你现在马上把我们两人都放了，并且跪下来道歉，求得她的原谅……”

“呃……”

我可不想让人跪拜我！

“什么？你让我跟这丫头道歉？”独眼龙气得跳起来，指着北堂景，愤怒地说，“你以为你是谁？我告诉你，我今天就要当着你的面好好地教训这丫头不可！”

说着，就朝我走过来。

喂喂喂……

明明就是北堂景挑衅他，他干吗拿我出气？

不过，其实从刚才他接电话的时候，我就在想该怎么自救了，所以我想也没想就用绑着的手捧起身下的沙土，朝独眼龙的脸上撒过去。

“啊——”

独眼龙捂住眼睛，尖叫一声。

“你这个臭丫头！”

不好！

他竟然被我激怒了！

我站起来想跑，可脚上也绑着绳子，才站起来就倒了下去。

独眼龙随手捡起了一根锈迹斑斑的钢管，就朝我挥过来。

眼睁睁地看着自己就要被打破头，我惊恐地瞪大了眼。

可就在这个时候，北堂景竟然解开了绳子，他一个转身将我抱在了怀里，而那根钢管落在了他的头上。

顿时，我看到红色的血液从他的头上流下来。

“北堂景——”

我被吓蒙了，看着他闭上了眼睛。

不对！

一点儿也不对！

漫画里的北堂景没有受一点儿伤，他和陆莹莹都完好无缺地被救了。

可现在怎么会这样？

难道是因为我不是陆莹莹，北堂景才变得这么惨？

我的眼泪止不住地流下来，就连警察出现，我都没有缓过神来。

我的脑海里只有北堂景闭上眼睛、满脸是血的画面，一直在重复播放着。

2

等我从警察局录完口供，来到医院的时候，北堂景的脑袋已经包得严严实实地躺在了床上。

他闭着眼睛，脸色惨白。

站在病床边的管家不停地叹息着，我想要走近的脚步顿了顿，心里不由得有些内疚。

千万不要出什么事才好！

我很害怕，以前就算是因为我的乌鸦嘴，很多人会被我连累，但也只是受到一些惊吓或者小伤而已。

而这次北堂景竟然被人用钢管敲了头，还流了那么多血，甚至有可能死掉。

要不是我自私地改变剧情，代替了陆莹莹，北堂景可能不会受到伤害，也不用替我挨那一下，他会好好的……

这一切都是我的错！

如果他真的出了什么事，我会后悔一辈子的！

“北堂景怎么样了？”我小心翼翼地朝一身白大褂的医生问道。

医生叹了一口气后，严肃地说道：“我已经尽力了……”

“不可能！”

听到医生这么说，我再也忍不住大声哭了起来。

“北堂景是男主角，他怎么可能会死呢？你们这些医生就不能换一换其他新鲜的台词吗？呜呜呜，你们肯定是骗我的……北堂景才不会死呢……”

“咳咳。”管家干咳了两声，尴尬地看了看我，说，“那个……小甜小姐，少爷不会死，他的伤并不是很严重。”

“真的吗？”我停止哭泣，睁大了眼睛，又瞪了医生一眼，“可是医生刚才说……”

“我的意思是，我已经尽力了，但他可能还要几个小时才能醒过来，因为敲击引起了轻微脑震荡，所以还需要观察几天……”医生摇了摇头，无奈地解释道。

没事就说没事啊，说什么尽力了，到底会不会说话啊！

不过好在北堂景没太大的问题，我也松了一口气，但是没想到几个小时后，北堂景醒是醒过来了，只不过看到我之后，说了一句“留下来陪我”，就又晕了过去。

接着，事情就往我不能控制的方向发展下去。

我不知道自己怎么答应了北堂景，而且这一留下来陪他，就陪了一个星期，北堂景的伤并没有好转，连床都下不了。

“小甜小姐，这是给少爷的补品。”

管家将碗递给了我。

“嗯，管家，你去忙吧，我送过去。”

我接过碗，麻利地朝北堂景的卧室走去。

唔，好难闻！

碗里那一团漆黑的东西，说是补品，还不如说是中药呢，也不知道北堂景为什么还不见好转……

难道他真的伤得那么严重吗？

不过我记得医生说，北堂景的伤并没有什么大问题，脑部也没有留下瘀血，只要注意休息就可以了。

我端着碗，推门进去的时候，北堂景正躺在床上。

他的面前摆放着一台笔记本电脑，似乎在跟什么人视频，面无表情地说着：“宣传部这次美食节活动的计划需要改动，另外，下一次跟美国那边学校的交换生名单已经出来了，你跟进一下……”

好吧，我终于发现问题在哪里了。

“北堂景，你现在可是病人，医生让你好好休息，你不知道吗？”

我把碗放到床前的茶几上后，气呼呼地走过去将笔记本电脑合上，打断了他。

怪不得他一直都不好。

他这样根本就没在休息嘛，怎么好得了！不行，他这样下去，我不是得天天给他做牛做马照顾他？

等做完这件事后，我才后知后觉地发现自己做了什么。我有点儿心虚地看向北堂景，却见他并没有生气。

咦？

我打断他做事，他竟然不生气？

“嗯。”北堂景看了看合上的笔记本，又往茶几上看了看，“又是补品，我不喝，你把它喝了吧，顺便叫管家再煮两碗绿豆汤……”

说完，他拿起枕边的一本书看起来。

他说这些话已经非常顺口了，我却忍不住瞪了他一眼。

“我不喝，你知不知道我已经被你喂了一个多星期的补品，火气太旺，昨天还流了鼻血……”

“是吗？”北堂景总算是把注意力放到我身上来了，目光在我脸上扫了扫，满意地说，“还不错，脸色红润了许多，再喝几天更好。”

什么叫再喝几天？

我感觉十分无力。

这几天北堂景变得十分奇怪，他每次看着我的时候，目光都很温柔，跟以前完全不一样，仿佛我是一件很珍贵的宝贝，他想永远把我留在他身边一样，看得我毛骨悚然。

现在想来，他的补品都被我喝完了不说，每天还让管家给我准备很多好吃的，而我是那种看到美食就停不下嘴的人，所以这些天我严重营养过剩，都快长双下巴了……

啊！

我知道了！

该不会是他的阴谋吧，想要让我因为吃太多补品，七窍流血而亡？果然是男主角，心机太重了！

我捂住嘴巴，警惕地看着北堂景。

“我，我告诉你哦，我已经知道你的阴谋了，你别想得逞！我再也不会帮你喝补品了！哼……”

“你那颗小脑袋又在想什么呢？”北堂景的眼神一暗，无奈地摇了摇头，朝我招了招手，“过来，让我看看你手腕上的擦伤好了没有。”

“不过来！”我把手藏到身后，噘着嘴说，“早就好了，被你每天喂那么多补品，我的手臂都胖了好几圈，不给你看！”

北堂景的嘴角微微扬起，像是心情很好的样子，又摇了摇头，说：“甜甜，你对我的感觉……”

就在这个时候，卧室的门被人推开，一个清脆的声音响起来。

“景，你今天好些了吗？”

穿着白色蕾丝裙子和青绿色上衣的陆莹莹忽然闯入，我心里一惊，朝她看过去。只见她也朝我看过来，目光很不友善。

“小甜，你也在啊。”

她微笑着跟我打了招呼，语气很友好，但我很心慌。

这一个星期，陆莹莹几乎每天都会来找北堂景，而她看我的眼神一天比一天哀怨，有时候还带着一丝嫉妒和愤怒。

“你怎么又来了？”北堂景冷冷地看向陆莹莹，说道，“我不是跟你说过，你家的危机我会帮忙解决的，你不用每天都来看我……”

“我不是为了家里的事。”陆莹莹的脸都红了，眼里还隐隐泛起泪光，“难道你受伤了，我不能看你吗？而且你还是因为我受伤的……”

“因为你？”我不解地问道。

北堂景受伤明明是因为我当时把沙土撒到独眼龙的眼睛里，才让他发怒想要拿东西打我，北堂景为了救我才受伤的啊……

“啊，小甜，其实我也要跟你说对不起。”陆莹莹一脸愧疚地看着我，小声地说，“那天孙妍要绑架的本来是我，说起来你和景都是受了我的连累呢。”

“幕后指使者是孙妍？”

我惊呼起来。

真的是她！

可是，我想起了不久前她给我打的电话，不是说让我加入她那个什么联盟吗，她怎么会忽然讨厌起我来了？

“我知道，我知道，既然你看这丫头也不顺眼，我帮你教训她就是……”

那天独眼龙好像是这么说的。

“是啊。”陆莹莹泪眼模糊地看着我，一副很忧伤的表情，“我也不知道她为什么那么恨我，我跟景青梅竹马，感情一直都很好，我知道有很多女生喜欢他，但我们俩也是真心喜欢对方的。我不会把他让给任何人的，谁都不可以……”

说到最后，她变得歇斯底里的，眼睛都红了。

我被吓了一跳。

我怎么觉得她这话是在针对我，可我并没有跟北堂景怎么样啊，没有人比我更清楚她和北堂景的感情了。

“陆莹莹！”

北堂景低沉的呵斥声打断了陆莹莹，此时他的眼睛里散发出一丝让人恐惧的冷意，把陆莹莹吓到连哭都止住了。

然后，我听到北堂景用一种警告似的口吻说道：“如果你再胡说八道下去，我答应帮助陆家的事就这么算了。还有，你做的那些事不要以为我不知道，你再继续触碰我的底线，就不要怪我……”

“景，你误会我了！”

陆莹莹瞪大了眼睛，似乎不敢相信北堂景会这么对她说话，眼神像无助的小鹿一般。

“你从来都没有用这样的语气跟我说过话，你是不是撞到脑袋，还没有好起来？我帮你去叫医生……”

她很慌乱，想要往外走。

“我说的话是什么意思，你心里明白。”

北堂景皱起眉头来，盯着陆莹莹，扶着额头叹了一口气：“你好自为之，不要再消耗我们之间的感情了。”

陆莹莹的身体一僵。

她在原地顿了顿，忽然转过身对着北堂景笑了笑：“我知道了，景，我知道你的意思。”

说完，她朝北堂景跑了过来，俯身朝他脸上吻了下去。

那一刻时间仿佛停止了。

天啦！

发生了什么事？

为什么看到这一幕，我的心会痛得这么厉害？

北堂景似乎没想到陆莹莹会忽然这么做，一时间瞪大了眼睛，来不及动作，可我的心像是被人重重地打了一拳，痛得无法呼吸。

我想也没想，打开门跑了出去。

似乎只有奔跑才能让我忘记疼痛，只有不停地跑，才能让我忘了刚才那一幕。

我究竟是怎么了？

北堂景和陆莹莹本来就是命中注定的一对不是吗？每天晚上我都会看一遍的漫画内容，里面也会有两人亲吻的画面，那时候我为什么一点儿感觉也没有呢？

而现在只是看到陆莹莹亲吻北堂景，我怎么就这么难过？难道我真的……喜欢上北堂景了吗？

3

我漫无目的地跑，跑累了就停了下来。

手机也没带，钱包也没带，我在大街上，看着来往的人群，不知道自己该去哪里，心情烦闷极了。

对了！

我可以去找菜心啊，这里离她家很近呢。

来到菜心家，菜心妈妈正要出门，一打开门就看到我，满脸笑容地说：“是小甜啊，菜心那丫头在家里呢，你进去找她吧。”

“嗯，菜妈妈，你不用管我，去买菜吧。”

我点了点头，就朝屋内走去。

菜心家我已经熟门熟路了，所以很快来到了菜心的卧室门口。

刚要推门进去，却听到里面传来了菜心的声音。

“北堂景，你放心，小甜肯定会来找我的，我会让她自己去找你的……嗯，如果她没来我家，我等一下就出去找她，她不会有事的……你千万不能告诉她我们合起伙来骗她的事，我已经够愧疚了，要是她知道，我会很惨的……”

我整个人都呆住了。

菜心的话里包含了太多的信息。

但是，我只听懂了一件事，那就是菜心竟然跟北堂景合起伙来骗我，而我就是那个被出卖的人。

“小，小甜！”挂了电话后，菜心看到了我，顿时一脸惊慌，“小甜，你听我说，事情不是你想象的那样！”

“那是什么样？”

我也不知道为什么，在双重打击下，我竟然冷静下来。

“你告诉我，你跟北堂景到底有什么协定？你们到底想对我做什么？”

“不是我……”菜心揪着手指头，眼神乱晃，“其实都是北堂景，他威胁我，我也没有办法。我不能告诉你，他会杀了我的。”

“你怕他，那我呢？我们还是不是好朋友？”

我失望地看着菜心。

“呜呜，小甜，你不要这样……”

菜心一下子就红了眼，抱住我一股脑儿全说了出来。

原来这一切都是北堂景设下的陷阱。

当初菜心来到北堂学院后就被孙妍几个人利用上了，故意挑拨她和陆莹莹，让她脑热地做了一些坏事来整陆莹莹，结果被北堂景抓住了把柄。

北堂景找到她，说如果菜心不帮他把我骗来北堂学院，他就会让菜心的档案上留下不良记录还被退学，所以菜心才不得不答应帮他。

一开始菜心还以为按照我的性格，听到她被退学一定会帮她报仇，可没想到我竟然没有行动，所以北堂景又使计谋让我老爸升职搬家，让我不得不转学到北堂学院，再让菜心来跟我说自己的不良记录，让我主动来求北堂景……

听菜心说完，我简直气得不行。

凭什么！

北堂景这是把我当猴子耍啊，原来从头到尾，我就像个小丑一样，在他特意搭设的舞台上表演。

看我每天围着他转的样子，他肯定快笑死了吧？

气死我了！

“北堂景为什么要这样对我？我哪里得罪他了？”我愤怒地喊道。

不是这样的！

怎么想都觉得不对啊，漫画里根本没有提到过这一段，北堂景怎么可能会对我设这种陷阱呢？

再说了，我们之前根本就不认识啊！

不对，我们之前见过一面……

可就是那一面也不能让北堂景这么设计我吧？更何况那家伙还是个脸盲，只见过我一面，连我长什么样都不一定记得住啊！

“我也不知道。”菜心心虚地看了看我，低下头说道，“我也问过他，他只是说，让我不要多管闲事，还警告我，让我不要破坏他的计划。”

“这个浑蛋！”我咬牙切齿地站起来，朝门外跑去，“我要去找他问清楚！”

跑出菜心家后，我气呼呼地拿出手机来，拨了北堂景的号码。

“嘟嘟嘟——”

没想到那边一直没有人接。

我已经气到不行，干脆坐车去他家了，来到门口的时候，我才惊觉……

呃，我该怎么进去？

我站在高耸的铁门外徘徊了一会儿，没想到铁门竟然打开了，而之前见过的管家站在里面，正笑容满面地看着我。

“小甜小姐，你来了。”

管家的态度让我愣了一下，但我马上就明白过来，我板着脸问道：“北堂景是不是知道我要来？”

气死我了！

菜心这个叛徒，肯定在我从她家出来的时候就告诉北堂景了，那他刚才不接我电话，摆明了是故意的。

“是的，少爷正在里面等你。”

管家碰了一鼻子灰，笑得有点儿尴尬，他往里面指了指，示意我进去再说。

我一路畅通无阻地来到客厅里，就看到北堂景正慵懒地靠在沙发上，双脚交叉放在身前的茶几上，手里拿着一本书，淡金色的阳光从落地窗外洒进来，仿佛在他的身上镀了层淡淡的光晕。

很美的画面，却让我更加火冒三丈。

这家伙不是说伤没好，起不了床吗？让我做牛做马地照顾他那么久，现在看来全是装的啊！

他这样子哪里像是受了伤，简直比我还健康啊！

当然，他连设计我的那些卑鄙的陷阱都想得出来，这几天装病号根本算不了什么，要怪也只能怪我自己那么蠢被他耍着玩……

不过，让我最火大的是，他明明已经被我拆穿了，却依然一副淡然的模样。

难道他不会反省一下吗？

对！

他怎么可能知道自己错了，因为他是北堂景啊！

反而是我，这个被他耍得团团转的人，气得七窍生烟，胸口闷得不行。

“北堂景！”我叉着腰，愤恨地说，“这一切都是你在捣鬼对不对？利用菜心，让我一步步走进你的圈套，害我每天过得心惊胆战的，没想到这些都是你设计的阴谋，耍我就那么好玩吗？”

“对啊，都是我设计的。”

北堂景放下书，朝我看过来。

呃？

他竟然这么大方地承认了？

搞什么嘛，我还以为他至少会嘴硬一番，怎么不按常理出牌呢？

他这么坦白，我倒是乱了方寸，想了半天才问道："你，你为什么要这么做？"

"这是刚刚准备好的柚子茶，你跑了半天，应该渴了。"北堂景也不回答我，眯了眯眼睛，把一壶茶往我这边移过来。

"谢谢。"

他这一说，我才发现自己渴得不行，接过茶喝了起来。

等一下！

我做了什么？

猛喝了几口茶后，我才发现不对，把茶杯放下后瞪着北堂景："喂，你不要转移话题，快点儿回答我。"

"是。"

北堂景这次没有回避问题，他把搁在茶几上的腿放下来，站了起来，朝我走过来。

"说话就说话，不要恐吓我！"

我吓得一个激灵，从沙发上跳起来，刚想跑，却被他按在沙发上。他俯身下来，脸在我眼前放大。

呜呜……

他真的长得好帅，这么近看起来更帅了！

“你……你……”

我口齿不清，也不知道自己要说什么，只能生生地咽口水。

“第一，我的确利用了你的朋友菜心；第二，我并不是要着你玩，那天遇见你后，第二天我还记得住你的脸，我就想再见到你搞清楚为什么；第三，如果你觉得这些都是我的阴谋，我也不反驳，只要你答应继续留在我身边，因为我喜欢看到你熟悉的脸，喜欢听你说话的声音……”

北堂景一字一顿地说着。

他说话的时候，深深地望着我，好像他的眼里只有我一样，他的气息喷在我脸上，痒痒的，让我的心里涌上一股奇怪的感觉。

北堂景好像在对我表白！

可是——

为什么我从他的眼里看不出一点儿感情来？

虽然我不知道他为什么记得我的脸，但我知道他并不喜欢我，也不是在对我告白，而像是找到了让他印象深刻的……玩具！

没错！

就像幼儿园的小朋友看到了一个很特别的玩具，就想要拥有它，但并不表示他喜欢那个玩具……

啊，我干吗把自己比喻成玩具！

还有，如果说他对我不脸盲，那不就是说，他一开始就知道我是谁，也认出我来，那他还装作什么都不知道……

一想到他以前故意装作脸盲不认识我，害我信以为真，结果到头来就像只猴子一样被他玩弄于股掌之间，我就气得差点儿吐血。

“北堂景，你未免也太理直气壮了吧？”我忍不住用蛮力将他推开，愤怒地看着他，“你凭什么耍着我玩，然后还要我感恩戴德地继续当你的玩具？不要以为你姓北堂就了不起，我告诉你，我现在很生气，我一点儿也不想再见到你，再见！”

像点燃的炮仗似的，一股脑儿说完后，我马上往门口跑去。

没错，我快要气疯了。

就算我脑子里不停地发出警报，告诉我又一次犯了北堂景的禁忌，但我还是忍不住发泄出来，像刺猬一样，故意拣他不高兴的说。

哼！

我就是要刺激他！

“田小甜。”

身后传来的声音冷到极点，我不用回头也知道他的脸色有多难看，而且北堂景竟然被气到叫了我的全名，以前可从来都没有过。

“你知道，你朋友菜心的不良记录我虽然没有往档案上写，但是她的确做过，我要加也是轻而易举的事情，而你爸爸……”北堂景顿了一下后，继续说道，“他虽然升了职，也可以再降职……”

我想不顾一切地离开，可他的话还是让我停下了脚步。我转过身，咬牙切齿地说道：“北堂景，你怎么这么卑鄙啊！”

“你现在才知道吗？”

北堂景面无表情地撇了撇嘴，不以为然地看着我。

我要抓狂了！

他竟然拿菜心和我老爸威胁我？

北堂景这家伙的脑子是被门夹了，还是神经错乱了，我实在想不通，他怎么不按常理出牌呢？

一切都不对啊！

我又不是女主角，他不去跟陆莹莹培养感情，一波三折地按照剧情来折磨对方，反而跑来盯着我干吗？

“算是我求你了好吗？”我猛地抓了抓头发，无奈地说道，“你去找陆莹莹好吗？你应该感兴趣，想要留在身边促进感情的人是她，你跟她青梅竹马，两小无猜，你现在只是不知道自己对她的感情。你只要好好地按照剧情来，就会发现自己喜欢她，你会想要永远跟她在一起，然后你的眼里就再也看不到别人了……”

对，就是这样，只要他去找陆莹莹，就不会再纠缠我了。

那可是女主角，他的真爱啊！

“你是这么想的？”

北堂景也不知道是不是听懂了我的话，没有再纠结下去，但他的脸色还是非常难看，眉头深深皱了起来。

“当然，你会发现你其实早已喜欢上她了。”

我点头如捣蒜，心里想着他要是再威胁我，我就把漫画里的内容全说给他听，怎么都要让他相信我。

“好。”

可我没想到的是，北堂景忽然妥协了。

呃？

他说了一个“好”字后，半天都没再说话，我还以为是幻听。

当我想着要不要再说点儿什么说服他时，北堂景却再次开口：“只要你不转学，其他的按你说的来。”

我顿时愣住了。

什么意思？

他这么说，和刚才让我留在他身边的要求不是一样吗？

“北堂景，你到底……”

我不乐意地想要反驳，却被他打断：“这是我最后的底线，如果你不能遵守，现在就可以走，但我不保证我不会做什么。”

好吧！

我算是明白了，他还是在威胁我。

可北堂景完全不再给我说话的机会，就对管家挥了挥手，淡淡地说：“管家，送她回去，我累了。”

我被“轰”出了北堂景家。

累什么累啊！

对着北堂景这个油盐不进的家伙，我才最累好吗！我都不知道他为什么会对我不脸盲，不过这是我的错吗？

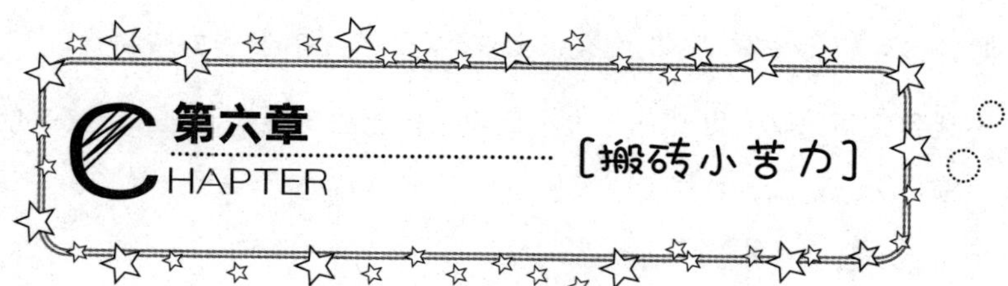
第六章
CHAPTER
[搬砖小苦力]

1

哼，该死的北堂景，心机怎么那么重，还拿菜心和我爸妈威胁我！

不让我转学是吧？既然你都说了让我按自己的意愿来，那我最高兴的事就是最好再也不要见到你！

气死我了！

害我胆战心惊过了那么久，竟然全是他的阴谋！

可是……

为什么我会梦到那本漫画呢？

北堂景本事再大，也不可能操控我的梦境啊，而且漫画里的很多情节都对上了，这又是怎么回事？

哎呀，这么多问题，弄得我头都大了！

我也索性不想了，反正只要不遇到北堂景，再也见不到他，什么事都不会有。

于是，我又开始了躲北堂景的模式，只是没想到我这一躲，反倒和苏牧原相遇的次数多了起来。

一开始我还是怕他，但一来二去，发现他并没有想对我做什么。

而且他和漫画里并不一样，虽然性格差不多，不过现实中的苏牧原更可爱，喜欢发呆，所以我和苏牧原的关系渐渐好起来，还成了朋友。

“喂，你怎么又在发呆啊？”

远远地我又看到苏牧原放空的眼神，于是走过去拍了拍他的肩膀。

苏牧原半天才回过神，眼神有了焦点后，才惊讶地回过头看着我，张了张嘴：“小甜，是你啊！”

说完，又对我露出一个温柔的笑容。

“你在这里干什么呢？”

我探过头去，发现他的面前放着一盆可爱的多肉植物，长得十分好。

我好奇地问：“这是你种的吗？”

“对啊……”苏牧原低下头，看着手里的盆栽，忽然有点儿伤感，“我也不知道为什么我最近很喜欢它们，可是莹莹好像不是很喜欢，我还想把它们送给她呢……”

“呃，我好像说错话了。”

我摸了摸后脑勺，有些愧疚。

虽然不知道北堂景发什么神经，忽然从冷酷霸道又无情但只对女主角温柔的男主大人变得有心机，还失心疯地跟着我这个“恶毒女配角”转，但苏牧原这个忠实的男配角还是一心一意地喜欢着陆莹莹的……

看来他在这里发呆，是为了陆莹莹拒绝了他的礼物而烦恼。

“没事，跟你没有关系。”

苏牧原轻声地安慰我，然后像是想到什么，又笑起来：“其实我觉得小甜

你跟它们很像……”

呃？

说我跟一盆植物很像？

看了看盆里那些肉肉的植物，我好像明白了什么，脸变得滚烫，说道：“呵呵，你的意思是我跟它们一样胖乎乎的吗？”

“噗！小甜，你这么一说，我还真的发现你的脸确实有点儿……”

苏牧原竟然没良心地笑了起来，连眼睛都眯起来。

这是我第一次看到他最真实的笑容，平日里的他尽管总是温柔地笑着，但我能感觉到他只是习惯了用温煦的笑容来掩盖他真实的感受。

“喂，你够了哦，我真的会翻脸哦。”

我真的生气了，叉着腰像个小茶壶一样呼噜呼噜地吐着气。

我那叫婴儿肥，这群家伙到底懂不懂欣赏！

“好，好，我不笑了。”

苏牧原这么说着，真的没有再发出笑声，但是他的眼角眉梢都是笑意，明明还是在嘲笑我，哼！

“其实……”他伸出修长的手指，摸了摸身前的植物，说道，“我之所以会觉得它们像你，是因为它们跟你一样，虽然没有华丽的外表，也开不出漂亮的花，但是它们可爱，无公害，充满了治愈的感觉。看到它们就会让人产生一种‘生活其实也可以很简单快乐’的满足感……”

他这是在夸我还是在损我呢？

我往他身边坐过去，指着盆栽说道：“既然你说它们像我，就把它们送给我吧，我老妈最喜欢植物了，我家阳台上全是植物！”

苏牧原愣了一下，马上将花盆递给我，笑得格外好看："好啊，小甜，你喜欢的话就送给你了。"

"谢谢。"

我不客气地接了过来。

以苏牧原对陆莹莹在乎的程度，这盆多肉植物没有送出去，又被他带回家，以后他每看到一次，就会伤心一次，我还不如收了它们，免得他触景伤情……

就在我接过花盆时，一个身影冲了过来，一把将花盆抢了过去。

一个嘲讽的声音响起来："表哥，你种这盆东西花了那么多心血，怎么能把它送给这个长得这么丑的丫头……"

等我回过神来，开始打量面前的人。

怎么又出现一个漫画里的角色？

眼前的人长着一张时下流行的花美男的脸，白皙细嫩的皮肤，柔和的五官，长长的睫毛，再加上大眼睛，初次见面就给人眼前一亮的感觉，像樱花一般，会忽然飘进你的心里。

但是，他肯定不会飘进我的心里。

"苏牧星？"

看到他之后，我震惊得张大了嘴。

"你这个臭丫头怎么认识我？"苏牧星先是愣了愣，接着用鄙夷的眼神看着我，"我就知道你不是什么好人，竟然连我都打听清楚了。你说，你是不是为了接近表哥，所以把他身边的人都查得一清二楚？你这个心机鬼！"

这家伙的想象力真丰富……

但是我又无法反驳他，难不成我要跟他说，因为我是在一本漫画上看到过他，而他正好是漫画里的一个角色？

当然不可能！

而且他的出现让我脑子都乱了，这似乎在提醒我，漫画的剧情还是存在的。

在漫画里，由于小时候掉进池塘被苏牧原所救，所以苏牧星对苏牧原崇拜极了。苏牧星的父母离异后，他跟着母亲去了美国生活，几年后回国，知道苏牧原喜欢的女生是陆莹莹之后，就有点儿嫉妒，觉得陆莹莹配不上他样样都好的表哥……

于是，他开始时不时地找陆莹莹麻烦，欺负她，但是欺负欺负着，没想到也拜倒在陆莹莹的脚下，喜欢上了她，所以再看到总是欺负陆莹莹的“我”，自然就不爽了。如果说北堂景和苏牧原只是在背后整治我这个“恶毒女配角”，那么他就是明目张胆了，还利用“我”来发泄自己得不到陆莹莹的关注的郁闷心情。

总之，一见到他，我就想躲开。

“牧星，你说什么呢？快点儿把花盆还给小甜，然后跟她道歉。”苏牧原一本正经地看着苏牧星，已经没了笑容。

“表哥，你让我跟这个丑女道歉？”苏牧星眼里满是难以置信，指着我嚷嚷道，“这个丫头的脸肿得跟包子似的，比陆莹莹还要丑。没想到我只是跟着我妈去美国住了几年回来，你的眼光就变得这么差，你还不如喜欢陆莹莹那爱哭鬼呢！”

天啊！

原来这家伙攻击我，完全是误会我和苏牧原的关系了，我这得多冤枉啊！放心，你家表哥喜欢的一直都是陆莹莹！

我翻了个白眼。

恰好这个白眼被苏牧星看到了，在苏牧原开口教训他之前，他夸张地喊道："你看，她还有一双死鱼眼！"

果然，一个人要是不喜欢另一个人，那个人就连呼吸都是错。

"苏牧星！"

苏牧原的脸垮了下来。

"呵呵，苏牧原，你别生气啊，你表弟既然喜欢这盆植物，就给他吧。"我咧嘴朝苏牧原一笑，摆了摆手说，"你们俩聊，我就不打扰你们了，我去看看我肿得跟包子一样的脸有没有拯救的办法。"

说完，我赶紧跑掉了。

"你没救了，整容也没用！"

我还没跑多远，身后就传来苏牧星得意的声音，然后也不知道苏牧原做了什么，他竟然哀号了一声。

后来，好几次我遇到苏牧原的时候，苏牧星都会出现大闹一场。我本来就看他烦，自然对他没好脸色，但也不会真的跟他吵架。

因为你要是真的回应他，那他就会更起劲。

奇怪，这时候他应该跟陆莹莹纠缠才是，为什么跑来纠缠我呢？难道他看不出来苏牧原喜欢的人是陆莹莹吗？

于是我干脆连苏牧原也躲着了。

但让我没想到的是，苏牧星竟然单独跑来找我。

“你到底想怎么样？”

我无奈地看着靠在樱花树下对着我眨眼耍帅的某人。

“你觉得我帅吗？”

他把手撑在脑后，对我露出一个迷人的微笑。

我对他翻了个白眼，嘴上却说着：“帅，你天下无敌帅！麻烦你有事快点儿说，说完我还要回教室……”

真是倒霉！

这几天我躲来躲去的，好不容易找了这么个地方，竟然被这小子找到，也不知道他到底想干什么。

对于我敷衍的态度，苏牧星不屑一顾，他用手撩了撩刘海儿，忽然朝我走过来，一把将我拉住。

我被吓了一跳，等回过神，已经被他按在樱花树上。

“你干吗？”

我惊呼起来。

这小子该不会想干掉我，好让我不出现在他亲爱的表哥面前吧？

就在我猜测时，他忽然捧住了我的脸，纠结了半天后，对着我的额头一吻，吓得我魂都快没了。

他干什么？

我瞪大了眼睛，猛地推开了他。

我看到不远处站着一个人，那个人竟然是我躲了好久都不见的北堂景，只见他眼神阴沉，皱着眉头面无表情地看着我和苏牧星。

“北堂景……”

我也不知道自己怎么了，竟然像着了魔一样，想要走过去跟他解释。

“你要去哪里？”

苏牧星发现了我的异样，马上抓住了我的手臂，将我拉了回去，他背对着北堂景，所以看不到他。

“你放开我！”

我忍不住对苏牧星大喊。

“你突然这么大声干吗？”苏牧星挖了挖耳朵，转过身去，“后面有什么人吗？没有人啊！”

没有人……

果然，我再往原来的地方看过去时，那里哪还有什么人。

难道我眼花了吗？就算不是眼花好了，为什么刚才我看到北堂景的时候，竟然想要走过去跟他解释我和苏牧星的关系呢？

啊！

我一定是被苏牧星搞得精神崩溃了！

“苏牧星，你到底想干吗？”我愤怒地问。

苏牧星回过头来，对着我眨眨眼，说道：“我没做什么啊，我只是想让你喜欢上我而已，怎么样？你现在喜欢我了吗？”

“我为什么要喜欢你……”

这小子脑子是倒着长的吗？

“当然是为了让你离我表哥远一点儿。”苏牧星把手撑在我耳边，理所当然地说道，“你快点儿喜欢我，然后我再甩掉你，这样就可以了。”

漫画里怎么没交代他是个神经病呢？

我懒得再看他一眼，一把推开他，就飞快地跑了，免得和这个脑子不正常的小子再纠缠不清。

2

苏牧星并没有罢休，他开始大张旗鼓地“追求”我，搞得我头痛死了，恨不得一巴掌拍晕他。

可惜苏牧星是打不死的蟑螂，不管我怎么无视他，他依然每天坚持不懈地在我面前找存在感。

这天晚上，老爸的公司组织旅游，老妈请了假跟着去了，只留我一个人在家。我觉得房子空荡荡的。很孤单，就一边和菜心视频一边写作业。

那天从菜心那里知道了她和北堂景合伙欺骗我之后，我虽然很生气，但忍受不住菜心的恳求，而且说来说去主要的错还是在北堂景，菜心只是被他威胁，并不是真的故意骗我，我还是能分清敌我的。

菜心这个没心没肺的傻丫头，哪里会算计别人，就算是出卖我，也肯定是被人忽悠的。

所以，我并没有怪菜心，只是小小地惩罚了她一下，让她给我买了一堆零食请罪，就原谅她了。

哼！

反正一切都是北堂景的错！

“咚咚！”

窗户外面忽然传来敲击声，吓了我一跳。

我还没出声，视频里的菜心就竖起了耳朵问道：“怎么了？我怎么听到有人敲窗的声音？”

“不知道。”

我咽了咽口水，摇了摇头。

菜心的包子脸皱成一团，担心地问：“这大晚上的怎么会有人敲窗户？你一个人在家没问题吗？”

“我也不知道，我去看看。”

我回过头去看了看窗户，隐约有烛光照在上面。

因为我家在一楼，巷子里的路灯这几天又坏掉了，除了有月光的晚上，外面几乎都是漆黑一片，现在却有烛光……

呜呜……

该不会是什么脏东西吧？

昨天和老爸看电视的时候，忍着恐惧看了一部恐怖片，昨天老爸老妈都在家，我一点儿也不害怕，可是现在想到那些画面，我感觉整个人都不好了。

我头皮发麻，全身颤抖起来，走了几步，就对着视频里的菜心喊道：“菜心，你别关视频啊，我害怕……”

“不怕不怕，我在这里呢！”

听到菜心的回答，我才安下心来。

“咚咚咚！”

又是三下敲击声，而且很急促，好像催着我快点儿打开窗户。

“谁在外面？”我鼓起勇气，大声问道。

可外面没有人回答，也没有声音。

我忍不住了，小心翼翼地将窗户拉开了一条小缝，而就在这个时候，一大捧鲜艳的玫瑰花挤了进来，玫瑰花上残留的水珠洒了我一脸。

“怎么样？喜欢吗？”

花的后面出现一张比花还美的脸，那双仿佛星辰的眸子正对着我一眨一眨地放着电。

怎么又是他！

真是比见了鬼还可怕！

我黑着脸看着苏牧星，只见他的短发打理过，一根根向上竖着，穿着白色的衬衣，扣子还特意解开了三颗，露出漂亮的锁骨。他的身后摆着一圈心形的蜡烛，蜡烛里面用花瓣拼出我的名字，显而易见，刚才的烛光就是它们发出来的……

“你又想干什么？”

这几天我已经被他烦得不得了，看见他比看见北堂景还要恐怖，可他好像完全没有自知之明。

我就奇怪了，明明刚见面的时候，他对我冷嘲热讽的，我们两个谁都不待见谁，怎么突然就莫名其妙地开始对我献殷勤，不断缠着我？

难道苏牧星也拿错剧本了吗？

算了！

反正从我知道北堂景的阴谋后，一切不是早就跟漫画差得十万八千里了吗？我怎么还会一直纠结呢？

“送你花啊。”

在我乱想的时候，苏牧星把花又往前推了一下，吓得我赶紧后退了一步，而他一点儿也没看出我的烦躁，反而又对着我眨了眨眼，笑着问道：“你是不是被我的浪漫感动了啊？你是不是喜欢上我了啊？”

“你哪只眼睛看到我感动了？我只有惊吓好吗……”

这家伙的脑袋果然不正常啊！

“你们这些女生，就知道装！”

苏牧星眉毛一挑，把花往窗户旁边的书桌一扔，跳了进来，吓得我身体一歪，差点儿就摔倒。

在我摔倒前，苏牧星的手一伸，就将我搂在怀里，还故意转了几个圈，将我圈在书桌和他之间。

“呵呵，我有没有很帅？你是不是被我迷住了？”

他一只手搂住我，一只手就要过来捏我的下巴，一副想要调戏我的样子，可就在这时候，视频里发出尖叫声——

“啊，你是谁啊？你敢动甜甜，我就马上报警！”

菜心的声音真是惊天动地，苏牧星被她一喊，手僵在半空中。

哈哈哈！

感谢菜心小喇叭，看到苏牧星的表情，我的尴尬也被化解了。

我用力推开了苏牧星，瞪着他，对菜心说道：“对啊，菜心，你赶快报警，这个家伙精神不正常……”

“你这个臭丫头！”

苏牧星终于露出了真面目，走过去把电脑关掉了。

电脑被关掉后，苏牧星一副气势汹汹的模样，把我堵到墙边，我这才感觉有点儿尴尬：“喂，苏牧星，你这个小屁孩不要乱来哦……”

“小屁孩？我只比你小一岁！”

苏牧星一下子就暴躁起来，一拳敲在我身后的墙上。

看到苏牧星的眼珠子都快瞪出来，一副抓狂的样子，我猛然想起了漫画里的情节，还有他三岁时穿着开裆裤像个跟屁虫跟在苏牧原身后的画面……

“噗——”

我忍不住笑出声来。

“笑什么？”

苏牧星一脸疑惑地看着我。

我计上心来，不急不慢地说：“啊，我差点儿忘记了，我老爸养的小金鱼忘记喂食了，你要不要跟我一起去喂？”

“呕——”

我的话还没说完，苏牧星就呕吐起来。

趁这个机会，我从房间里逃了出去，走到了客厅里，站在了老爸的宝贝鱼缸前。果不其然，苏牧星跟出来后脸色大变。

“臭丫头，你怎么知道我的弱点？谁告诉你的？”

苏牧星狠狠地咬着牙，用手挡住自己的眼睛。

没想到他真的怕金鱼啊。

漫画里提到他三岁的时候，不小心掉进了池塘里，被当时只有五岁的苏牧星救了起来，出来的时候嘴巴里还含着两条小鱼。从那以后，他虽然学会了游泳，却害怕所有鱼类，从此以后更是把苏牧星当偶像来看。

“我就是知道。”我眉眼弯弯地看着苏牧星，笑着说，“所以你以后最好不要惹我，把我惹急了，我就每天抱着小金鱼到你面前晃……”

“你，你……”

苏牧星指着我哆嗦了半天，然后瞪大眼睛，像是受到了很大的打击：“该不会是表哥告诉你的吧？不，不可能，表哥不会的……”

也不知道他想象了什么内容，瞪了我一眼，补充道：“你不要得意，你别想打我表哥的主意！我一定会让你喜欢上我的！”

说完，他转身跑了。

这家伙果然没救了。

不过——

“喂，你等一下，你往哪里走呢？大门在这边！”

我跑进房间，却见窗台上多了几个脚印，而苏牧星早就跑得没影了，只剩下窗外的烛火摇曳着。

“小甜，发生什么事了？”住在楼上的奶奶打开窗户，朝我问道。

我朝着苏牧星消失的方向翻了个白眼，对楼上的奶奶抱歉地说：“奶奶，没事，我同学来给我惊喜……”

哪里是什么惊喜，明明是惊吓。

被我威胁后，苏牧星并没有放弃胡搅蛮缠，不过没有以前那么过分了，但还是让我很郁闷。

而且，因为他，我闯了更大的祸。

这天刚好是星期一，我跟苏牧原约好了给他当模特，让他拍一组人物照，去参加网上的校园摄影比赛。

苏牧星不知道怎么回事知道了这个消息，一路跟着我，毒舌地攻击我：“田小甜，你怎么没有自知之明啊，就你这身材还当模特呢！你连陆莹莹都不如，她至少比你高个几厘米……”

“对啊，我就是没有自知之明，你管我！”

我没好气地朝苏牧星翻了个白眼。

“你……”苏牧星被我噎到，一时间找不到话，竟然直接过来抓我的手，“我不管，反正不准你再接近表哥。”

当然，我早就有防范，马上往后一退，躲开了他，可没想到我的身后竟然有人……

“啪嗒！”

我听到东西掉在地上的声音，赶紧回过头去，就看到北堂景那张帅气的脸和他眼里一闪而过的狡黠。

“北堂景？”

不好的预感让我不由得哆嗦起来。

果然，我一低头，就看到摔得四分五裂的笔记本电脑。

这下我吓得不轻，赶忙蹲下身去把电脑捡起来，嘴里不停地道歉：“对不起，我不是故意的……”

我手忙脚乱地将电脑拼起来，送到他面前，可北堂景只瞟了一眼，也不接。

“你觉得它还能用吗？”

“这……”我犹豫着该怎么回答，“我看好像还可以……”

可这个时候，刚拼好的一角就脱落了，“啪嗒”一声掉在地上，在空旷的走廊里还能听到回声。

呜呜！

我才从北堂景的魔掌中逃离，这不是又要被他抓到把柄了嘛！

就在我欲哭无泪，不知道怎么办时，苏牧星站了出来。

“北堂景，你不要为难小甜，不就是一台笔记本电脑吗，我给你重新买一台就是……”

苏牧星这家伙……

看他眼珠子一转，我就知道他在打什么主意，让他帮我还，等于是挖个坑把自己埋了，他比北堂景还不如呢！

“不要你帮忙！”

我想也不想就打断了苏牧星的话。

“你怎么不识好歹……”

苏牧星被我打破了计划，生气地瞪着我，正要说什么，就被北堂景一个眼神震住了，半天没敢说话。

把苏牧星镇压住后，北堂景漫不经心地扫了我一眼，说道：“这个笔记本里有我最近在我父亲公司实习的数据，那些数据一旦毁坏，损失有大概有好几百万……”

“啊，好几，几百万？”

我听到这个天文数字后，腿一软，颓然地坐在了地上。

“不过可以先看看能不能恢复……”

北堂景话锋一转，让我不由得又充满了希望。我抬起头，用期待的眼神看着他。

相对于我的胆战心惊，我竟然觉得他的心情很好……

呃？

那么值钱的数据被破坏了，他为什么一点儿也不着急？

也许是我眼花，因为他的脸上依旧毫无表情，声音也是冷冰冰的，他朝身后跟着的一个男生勾了勾手指。

“你先检查一下。”

我一眼就认出了那个男生。

他可是我们学校大名鼎鼎的电脑天才，据说曾经被美国微软公司秘密招募，但他一直留在北堂学院没有走，好像是因为北堂景。

具体原因是什么我就不得而知了，不过这从侧面让北堂景进一步神化，这就是八卦的力量。

那个男生拿出一个检测工具，弄了半天后，摇了摇头说：“会长，数据最多只能恢复一半……”

我的希望又一次被打破。

我沮丧地低着头，干脆破罐子破摔，坐在地上不起来。

北堂景的眉头深深地皱起来，冷冷地说：“坐在地上像什么样子，快点儿起来。”

可我还处在悲伤之中，说道：“呜呜呜，反正把我卖了也拿不出那么多钱，我干脆坐在这里等死好了……”

“呃？”北堂景的脸色一黑，挑了挑眉毛，说，“本来我已经给你想了补救的办法，如果你一直赖在地上不起来，那就算了……”

听到他的话，我急忙跳起来。

“我，我起来了，你快点儿说，有什么办法可以补救？不管让我做什么，我都会答应的……”

“真的什么都答应？”

北堂景意味深长地扫了我一眼。

“你别想打我的主意，我告诉你，我不会再上你的当了。”

我被他这么一看，顿时觉得瘆得慌，想起这家伙利用菜心把我耍得团团转的“前科”，我下意识地抱紧了双臂。

“你那颗小脑袋究竟在想什么呢？”

北堂景看我夸张的表情，眼睛里闪过一丝笑意，竟然伸手过来摸了摸我的脑袋，吓得我整个人都呆住了。

不光是我，就连北堂景身后的“电脑天才”和苏牧星，都一副被雷劈的样子。

“你，你们……”

苏牧星目瞪口呆，看了看我，又看了看北堂景，突然暴躁起来，对着我喊道：“你这个花心的女人！”

喊完，他气呼呼地跑走了。

这臭小子该不会又想象了一些什么吧？

对于苏牧星莫名其妙的举动，北堂景好像没看到一样，而是眯着眼睛盯着刚才摸过我脑袋的手看了半天，眼神变得更加扑朔迷离。

然后，他朝我看过来，虽然恢复到面无表情，但声音里竟然多了几分温

柔："现在你有两个选择，一是像以前一样跟在我身边，让我看得到你就可以了，你喜欢吃什么都可以自己去买，喜欢做什么都可以……"

他说完第一个选择之后就停了下来，好像觉得我会马上答应他，不动声色地凝视着我。

"第二个呢？"

我想都没想就问道。

北堂景好像没想过我会这样回应他，脸色一暗，低沉的声音带着一丝不快："第二个选择就是，到我家庄园扩建的工地去打工赚钱，搬砖做苦力。正好那边缺工人，这种体力劳动对你来说也是一种锻炼……"

这两种选择区别那么大，正常人都会选第一个啊！

我愤恨地看着北堂景，看了一眼那摔得稀巴烂的手提电脑，忽然反应过来。

这该不会又是他给我设的陷阱吧？

我以前也不小心把笔记本摔到地上，也没见它烂成这个样子啊！

而且北堂景这家伙还说什么里面有很重要的数据，那么重要的话，他为什么拿着到处走啊……

越想我就越觉得不对劲，本来还很愧疚和惶恐的我一下子就火了。

可偏偏这个时候陆莹莹过来了，像是听到了我和北堂景的谈话，冲过来就说道："景，你不要这样，你要是跟我吵完架心里不舒服，你可以对着我发火啊，为什么要为难小甜呢？难道你想拿她来跟我斗气吗？"

说完，她一把抱住了北堂景。

这又是什么状况？

不过，看到陆莹莹从背后抱住北堂景，我的心里一下子酸涩起来，很不是滋味。

难道真的像陆莹莹说的那样，他是因为跟陆莹莹吵了架，所以才故意拿我来气她的吗？明明已经理清的思路也跟着混乱起来。

因为漫画的影响，在我的眼中，北堂景和陆莹莹才是真正的男女主角。

“我选二。”我的心里又气又乱，糟糕的情绪让我忍不住喊道，“搬砖就搬砖，我才不要每天都跟着你这个冰窟窿！”

说完，我飞快地转身就跑。

“甜甜！”

身后似乎传来北堂景的喊声，但我全当没有听见，忍住没有回头，因为我知道，如果回了头，我就输了。

3

我看着眼前尘土飞扬的工地，眼泪都快流出来了。

呜呜……

北堂景说的是真的，他竟然真的把我丢到他家庄园扩建的工地上来搬砖了。

而且，他还让人给我在工地上安排了一间简易搭建的工地房，里面虽然五脏俱全，但是晚上我一个人住也会怕啊。

“田小甜，快点儿过来！”

不远处戴着安全帽的工头对着我吆喝。

“来了。”

我一边应着，一边认命地搬起砖来。

其实我的工作也很简单，就是把要用的砖头搬到相对应的地方，可是砖头很沉，等我搬完一圈下来，脸上挂满了汗珠。

我喘着气，用脏了的衣袖抹了一把脸，觉得我好像比漫画里的田小甜还要悲惨。

难道这就是女配角的命运？

幸好老爸老妈不在家，家里只有我一个人，不然我都不知道怎么跟他们说这件事，难道要告诉他们我在工地上搬砖？

我抬了抬头，正好望见不远处的阳台上的某个黑点。

该死的北堂景！

他肯定是故意的，本来这个庄园要扩建，庄园里的人都搬走了，他却又搬了进来，不是故意来看我笑话的吗？

我能想象，北堂景躺在椅子上，端着咖啡，悠闲地往我这边看过来，幸灾乐祸的样子，真是恨不得糊他一脸墙灰！

同一片天空，两个不同的世界啊。

“是不是很累啊？”

一个欠揍的声音响起来，我不用去看就知道是谁。

“废话，你来试试看。”

我正烦着，没好气地回应他。

被我奚落，苏牧星依然一副打了鸡血的兴奋模样，说道：“如果觉得累，就答应我的追求吧，说不定我心情一好，就帮你把钱还上，你就不用受苦了……”

“谢谢，我现在很好。”

我连白眼都懒得翻了，这小子三天两头就往工地上跑，每天翻来覆去都是这几句话，也不知道他哪来的动力。

如果说是为了苏牧原，说起来自从我来工地后，就再也没见过他，说不定他现在跟陆莹莹在一起呢。

这小子不去找他们，跑来缠着我是怎么回事？

难道漫画的影响还在，所以他就是跑来跟我作对的？

想到这里，我的脸一下子垮了下来，抱着砖头从他身边走过，不想再看他一眼。

“麻烦让一下。”

“站住。”

就在这时候，苏牧星一把抓住了我的手臂，然后我感觉手上一轻，那些砖头都到了他手上。

“你干什么？”

我瞪着他，不知道他又要玩什么把戏。

苏牧星眼神闪烁，躲开我的目光，努了努嘴，说道：“看你的脸都脏了，先去把脸洗了，我帮你搬。”

“呃？”

这小子怎么忽然变得这么好了？

我怀疑地看着他。

“看什么看。”被我这么一看，苏牧星顿时恼火起来，吼道，“我，我就是为了让你感动才帮你的，你感动了，好答应做我的女朋友，再让我甩了你！”

他还真是锲而不舍呢！

如果他说的那个对象不是我的话，我还真会被他的坚持不懈感动。

“好吧，我答应你。”

我叹了一口气。

“什么？”苏牧星的嘴巴张得老大，半天才回过神，露出欣喜的表情，“真的吗？你答应做我的女朋友了？”

“对。”我朝他点点头，然后说道，“好了，你现在可以甩了我了……”

要是他天天跑来工地的话，我可受不了，还不如速战速决，让他不再缠着我。

“你……你……”达到目的的苏牧星却是一副“你怎么可以这样子”的受伤表情，瞪了我半天后，脸一红，“田小甜，其实我……”

“工地里怎么会有闲杂人在？”

苏牧星的话还没有说完，就被一个冷冷的声音打断了。

我转过头，发现北堂景不知道什么时候跑了过来，在尘土飞扬的工地上，他的白色衬衣特别扎眼。

在阳光的照耀下，尘土在他身边飞舞，而从头到尾干净精致的他似乎跟周围的环境那么格格不入。

呃，我可是清楚地记得，北堂景是有洁癖的。

果不其然，眼前的环境让他微微皱起了眉头，跟在他身后的管家马上递了一个口罩给他，他却摆了摆手，并没有接过来。

“少爷，您怎么来了？”工头眼尖，一下子看到北堂景，跟着跑了过来，“这里太脏了，不适合您，您有什么事，派人吩咐我一声就好，怎么亲自来了？”

“少爷刚才在问，为什么有闲杂人跑到工地里来了？”管家一本正经地说道。

“您说的是他？”工头犯难地指了指苏牧星，说道，“他说他是苏家的少爷，所以我没敢拦着他，他每天都会来，少爷的意思是……”

“工地危险，闲杂人等要是出了问题，你负得起责吗？”管家一副官方口吻地说道。

他的话让工头一下子醒悟过来，工头一拍手掌，说道：“啊，管家先生，你说得对，我这就把苏少爷请出去！”

说完，他叫了几个人过来。

“北堂景，你想赶我走？”苏牧星急了，把砖头往地上一放，将我拉到他身边，说道，“我走也可以，但是我要把小甜带走，她现在可是我的女朋友……”

“谁是你女朋友啊！”

我郁闷地想要甩开他抓着我的手，却被他抓得更紧。

这时，我感觉到北堂景的目光像利箭一样朝我射过来，他皱起眉头，盯着苏牧星抓着我手臂的手。

“你刚才答应我的！”苏牧星把我往他怀里拽了拽。

救命啊！谁来把这小子打昏过去！

北堂景的眼神越来越暗淡，看得我如芒在背，打了一个寒战。

“那是为了让你完成心愿甩了我，免得你再缠着我……”

“不管，反正我还没说要甩了你！”

苏牧星耍起无赖来。

我急了，一脚踩在他的脚背上，他吃痛地喊了一声，总算放开了我。

趁着这个空隙，几人上前将苏牧星抓住，北堂景冷冷地吩咐道：“把他丢出去，不准他再进来。”

“放开我。”苏牧星挣扎着被人拉走，一边走还一边叫喊着，“北堂景，你不要以为我不知道你打的什么主意，你比我还不如呢……”

直到他走远了，我才反应过来。

“我去搬砖。”我小声地说着，就要逃走。

我并不想在这里看到北堂景，因为看到他，我就会想到我是怎么来到这里的，就会想要冲过去给他一拳。

就在我转身的时候，身后传来北堂景的声音：“如果你觉得累，可以放弃，你还有其他选择……”

我顿了顿。

“我觉得现在很好啊，不用少爷您操心。”

我故意用愉快的声音回答，可不知道为什么，鼻子却酸酸的。

说起来，我也不知道自己到底在坚持什么，只是觉得我要是放弃了，就真的完全掉进他的陷阱里了。

就算那个陷阱里全是“蜂蜜”，我也不愿意就这么掉下去！

那天之后，我和北堂景的关系陷入了僵局。

不明真相的同学们还以为我真的得罪了北堂景，开始在背地里嘲笑我，给我使点儿小绊子。

我每天在工地上已经累得要死，也没有精神去应付她们，所以不管她们做了什么，我都懒得计较。

没想到这样的“纵容”，最后差点儿让我出了大事。

周末这天，我搬完砖回到工地房里，打算好好休息一下，快要走到门口的时候，却看到一个人影鬼鬼祟祟地从我的房里出来。

咦？那个女生不是陆莹莹的好朋友肖晓吗？

说起来，我认识她，也是因为在漫画里看到过她。

肖晓的家庭条件不是很好，但她成绩优秀，当年可是以第一名的成绩考进北堂学院的。来学校不久，她就和陆莹莹成了好朋友。

肖晓长相一般，平时她除了学习也没有其他心思，偏偏在见了北堂景一眼后，就喜欢上他，而且因为陆莹莹的关系，北堂景对她倒也算和颜悦色，并没有像对别人那般冰冷。于是她产生了错觉，觉得北堂景也喜欢自己，但发现不是那么回事，北堂景喜欢的人是陆莹莹后，就抓狂起来。

说起来，在漫画里她还帮过“田小甜”对付陆莹莹呢。当然，陆莹莹没受伤，她反而自作自受地被铁架子砸伤了手臂，最后在陆莹莹满眼泪水的控诉中得到了原谅，转了学离开了北堂学院。

奇怪！她怎么会出现在这里？难道是来找我的？

不会吧，在现实中，我们连基本的接触都没有啊，她也不可能来找我做她的“同盟”，所以她应该不是来找我的。

如果真是来找我的，我也不想跟她有什么关系。

我躲到一边的木材后面，等她走远了才出来。

再见啦！

看着肖晓的背影，我挥了挥手。

回到房间后，我实在太累了，躺在床上一下子就睡着了，直到被一股浓烟味呛醒，想要睁开眼睛，却被熏得睁不开。

周围响起呼啦啦的声音，我知道肯定是起火了。

“咳咳咳！”

我干咳了几声后，放开嗓子想大喊，却被呛了几口。

“救……咳咳……”呜呜！

怎么会起火呢？到底是怎么回事？

啊！我是不是死定了？

我脑海里一片混乱，只想着找到门逃出去，却被浓烟呛晕了过去，失去了意识。

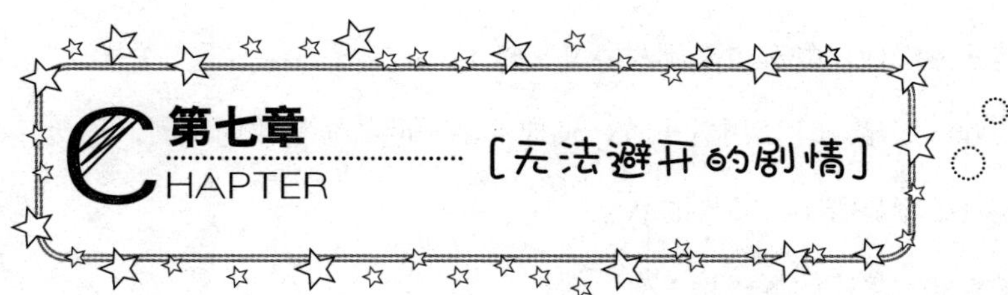

# 第七章 CHAPTER [无法避开的剧情]

1

等我慢慢地恢复意识，就发现自己躺在一张软软的床上。

我睁开眼睛，往四周看了看，发现这是一间装修精致的房间，虽然并不豪华，但处处彰显着主人独特的品位。

这是北堂景家的客房！

我一看就知道自己在什么地方了，因为这房间我曾经住了一个多星期，就在北堂景装病故意要我照顾他的那段时间。

难道是北堂景救了我吗？

“嗒嗒……”

听到有脚步声，我赶紧闭上眼睛装睡。

“呵呵，小甜，别装了，我刚才看到你闭眼睛了。”苏牧原带着笑意的声音响起来，他的手轻轻地拍了拍我的额头。

怎么是苏牧原？

“我，我只是觉得头晕。”

我不好意思地睁开眼睛，坐了起来，看到苏牧原白色的衬衣一角还残留着被灼烧的痕迹，我顿时明白过来。

“谢谢你救了我，你没事吧？”

“我没事。”苏牧原摇了摇头，无奈地说道，“其实不是我……”

他的话还没有说完，另一个冷冷的声音就插了进来：“才醒过来就这么多话，看来没什么问题。”

我循着声音看去，只见北堂景穿着一身舒适的家居服，头发也是湿漉漉的，像是刚洗完澡的样子，月光从洒进来，带着淡淡的光辉，要不是他冷着个脸，那画面看着就会美好很多。

“要你管，看我差点儿被火烧死，你很开心吧？”我没好气地对他说道。

说完我就后悔了，我感觉到北堂景身上传来的冰冷气息，还有他的眼神，让我感觉自己要被洞穿了似的。

他朝我走了过来，站在床边，用警告的语气说道：“田小甜，你以后最好不要再说这种话。”

“小甜，你不要乱说话。”苏牧原尴尬地看了看我，又说道，“其实这次是北堂景救了你，你要感谢的人应该是他。”

“什么？为什么是他？”我不敢相信地瞪大了眼睛，指了指苏牧原的衣角，“明明差点儿被烧伤的人是你，你看他穿得整整齐齐的，哪里像是救了我的人？苏牧原，你不会也帮着他骗我，好让我欠他一个人情吧？”

“你就这么看我？”

苏牧原还没开口，北堂景就说话了，他的眉头深深地皱了起来，目光里还带着一丝失望和受伤。

我顿了顿，小声说：“反正你又不是没做过这种事……”

这家伙前科太多，我一点儿都不相信他。

可是，我无法面对他的目光，总觉得只要一对上，我就变得没底气，尤其是我发现自己即使被他骗了，也并没有我表现出来的那样生气。

这让我很害怕。

我害怕哪一天真的像漫画里那样喜欢上他，那样会不会从此万劫不复，彻底变成“恶毒女配角”？

“好，那我就彻底做个坏人好了。”

北堂景丢下这句话后，就转身出了房间，再也没看我一眼。

“本来就是大坏蛋，还想洗白不成……”

我捏了捏手指头，心里闷闷的。

“小甜，你真的误会景了。”苏牧原扶了扶额头，慢慢地跟我解释道，“我并没有骗你，景把你救出来后，全身都脏兮兮的，实在太狼狈了。医生说你没事后，他就去洗澡了。”

“真的是他救了我？”

“是啊，下午的时候，牧星看到有个女生鬼鬼祟祟地从你的房间里走出来，就跟踪那个女生，看她跟……”

说到这里，苏牧原停了下来，愧疚地看了我一眼，显得很不自然，然后才说道：“牧星抓住她，问她去你房间干什么，原来她用冰块将白磷包裹住放到你的衣柜里，下面还放了暖宝宝贴加速融化。白磷燃点非常低，接触空气就会燃烧，她开始只是想弄点儿浓烟出来吓你，没想到你竟然睡着了，白磷燃烧，点燃了你放在衣柜里的衣服……”

“哇，不愧是学霸，这种办法都想得出来。”我惊叹道。

“小甜，你的重点真奇怪。”苏牧原好笑地摇头，继续说道，“牧星知道后，就打了电话给我。我赶到的时候，火已经燃烧起来了，正要跑进去救你，就看到北堂景抱着你出来，而且他的手臂好像受了伤……”

“他受伤了？”

我连忙坐了起来，下床穿了拖鞋就要往外跑。

但是，我想到了什么，不由得缩了回来，小声地说：“刚才我那样说他，他肯定还在气头上，我还是不去了，免得撞枪口上……”

“你啊……”苏牧原拍了拍我的头，宠溺地冲我笑了笑，“别担心，我看得出来景很在乎你，只要你跟他服软，他肯定会原谅你的。”

“他那个阴晴不定的人……”我噘着嘴巴嘟囔道。

“哈哈哈，你的描述真准确。”

苏牧原心情很好地笑起来，两排白白的牙齿都露了出来。

这个时候，响起“咚咚咚”三声敲门声，管家先生站在门口，带着笑容说道：“小甜小姐，苏少爷，晚餐时间到了，少爷让我来请你们下去。”

“谢谢你，我们马上就去。”

我看了看苏牧原，对他说：“你先下去吧，我要穿衣服。”

等我穿好了管家准备的衣服，下了楼，远远地看到北堂景坐在餐桌边，优雅地拿着筷子将一块藕片往嘴里送。

不知道为什么，我总觉得自己就像那块藕片，被他“咔嚓”两下就咬在嘴里，吞了下去，顿时紧张得咽了咽口水。

我腿脚酸软地走过去。

本来想坐得离他远一点儿，可管家把我的碗筷安排在他旁边，不得已只能

低着头坐过去。

我正要拿起筷子吃菜，一抬头，就看到了他的手臂上有一大块烧伤。

上面涂了一些黄色的药水，但是那鲜红的一块看着还是很扎眼。我着急地伸出手，拉住他的手臂：“怎么伤得这么严重？”

我刚刚穿衣服的时候看过自己的身上，一点儿伤痕都没有，所以我以为北堂景也只是受了一点儿擦伤，不是很严重。

可是现在看到了伤口，那么触目惊心，看得我眼睛一酸，连自己都没有发觉自己的声音带着一丝哭腔：“痛吗？你怎么都不说，你为了救我还受了伤？”

“不痛。”

北堂景的手臂往后缩了缩。

“怎么可能不痛，皮都擦去那么一大块了！”

我担心地看着他。

“真的不痛。”北堂景的声音变得温柔，他的目光放在我的脸上，“看到你这么担心我，我真的很开心。”

他的话让我一愣，吓得把手缩了回来。

不对！

这句话怎么听都不对啊！

在漫画里，陆莹莹差点儿被自己一直认为的好朋友肖晓烧死，北堂景为了救她被烧伤，陆莹莹哭得稀里哗啦的时候，他就是这么说的。

不过，最让我觉得惊悚的不是他说的话，而是听到他的话之后，我的心里竟然有了奇怪的感觉。

我竟然忍不住想要跟北堂景在一起，再也不分开。

这种想法一出来，我吓了一跳。

我这是要变成“恶毒女配角”了吗？

田小甜，你醒一醒，北堂景喜欢的人是陆莹莹啊！

“为什么？”

北堂景看见我缩回去的手，脸色大变，眉头也跟着皱起来。

他的眼神里带着隐忍的怒气，冷冷地看着我，问道：“为什么每次一说到这里，你总是想着逃离我？难道你真的蠢到连我喜欢你都不知道吗？”

我目瞪口呆地望着他。

北堂景这是在跟我告白吗？

不，不可能吧！

我整个人吓得不轻，不知道该怎么面对这突如其来的状况，这完全和剧情不符啊，究竟是哪里出错了？

坐在我对面的苏牧原似乎并不吃惊，手里的筷子顿了顿后，看了我一眼，欲言又止。

“我……”我不敢看北堂景，默默地低下头去，小声地说，“我不知道你在说什么，我爸妈应该回来了，我要回家去。”

说完，我就想逃走。

我怕再待下去，我会跳进他的陷阱，再也出不来。

“不准走。”

可是，还没走出多远，我就被北堂景叫住了。

我装作没听到，低头继续往门外走，却被门外的保安拦住了。

“景，你就让小甜先回去吧。”

苏牧原帮我解围。

很显然，北堂景不为所动，我听到他走近的脚步声。他走到我面前，扫了我一眼，淡淡地说道：“你就想这么走了？”

我不打算说话。

北堂景又说道：“你烧了房子，造成了工地的损失，你欠我的钱不但没有还清，现在又增加了一笔……”

“又不是我烧的，凭什么要我赔啊？”我再也忍不住吼道。

这家伙摆明了又要坑我，我才不会妥协呢！

“那我不管，你可以去找凶手，让她把钱还了也行。”北堂景像是笃定我拿不到钱一样，不动声色地看了看我，说道，“既然你住的房子烧了，在你还清所有的钱之前，我就勉为其难地收留你住在这里。不过你不但要去搬砖，还要在这里帮忙，不然也不知道你什么时候能还完钱……”

“什么？北堂景，你太过分了，你明明就是故意把我留下来的！”我气愤地说道。

“随便你怎么说。”

北堂景冷着脸，不再理会我，而是对管家说：“给她爸妈打电话，就说她以后要留在学校寄宿，参加学校的补习课程。”

“北堂景，你这个浑蛋！”我咬牙切齿地骂道。

可是，除了骂他，我还真是毫无办法。

我知道，我就算现在走了，北堂景还是有一百种办法让我乖乖回来。

但我就是不甘心啊，为什么他可以霸道成这个样子？

“景，你这样做不太好吧，小甜的钱我替她……”

苏牧原站出来为我说话。

我感激地看了他一眼，可北堂景马上就打断了他：“我想你还是不要多管闲事的好，不要以为我不知道你在打什么主意，自己想要的东西自己去争取，我不觉得你这样做就能感动她。”

“景，你……”

苏牧原愣了一下，咬了咬嘴唇，无奈地叹了口气：“原来你什么都知道，那你应该也知道那件事是她做的了？”

“你好自为之。”

北堂景冷冷地看了他一眼，没有再说话。

过了一会儿，苏牧原才慢慢地恢复过来，他对我勉强咧开嘴笑了笑：“你们吃吧，我先回去了。”

说完，他也不跟北堂景打招呼，就走出门了。

虽然不知道两个人在说什么事，但看到苏牧原走之前唇边那一抹自嘲，我感觉有些心疼，于是打抱不平地朝北堂景喊道：“喂，苏牧原怎么说也是你的朋友，你说话能不威胁别人吗？苏牧原不过就是替我说了几句话，你有必要这样吗？”

怪不得没朋友！

这种不懂得尊重别人的家伙，有朋友才奇怪呢！

“你什么都不知道，不要在这里瞎嚷嚷。”北堂景瞥了我一眼，走过来一把将我拎起来，放到椅子上，“快点儿把晚饭吃了，晚上还有很多工作等着你！”

“我自己会走路，手臂都受伤了还这么对我，哼……”

我别扭地坐在椅子上，生着闷气。

哼！

我也绝对不会承认，我其实在担心他手臂上的伤。

算了！

看在北堂景这家伙为了救我受了伤的分上，我就暂时留下来照顾他吧，反正我想走也未必走得了。

2

回到学校后，我马上去了陆莹莹他们班找肖晓，想要知道她为什么会放火吓我，明明她要针对的人是陆莹莹。

可是，我不但没有找到肖晓，还被告知她已经转学了，连陆莹莹也不知道为什么请了好几天的假没有来学校。

奇怪！

难道陆莹莹也出事了？

“那你知道陆莹莹为什么请假吗？”我连忙问道。

“我怎么知道？我又不是她的跟班！”坐在窗户边的女同学朝我翻了一个白眼，拿起书挡住了脸。

“我……”

我本来还想打听一下肖晓的消息，可那个女同学已经不再理我了。

“喂，你那么关心那个女人干吗？”

这时，苏牧星不知道从哪里钻出来，一把将我拉到楼梯间，瞪着我，说道：“你以后离她远一点儿，知不知道？”

“为什么？”

按照剧情的发展，他应该会喜欢上陆莹莹啊，现在他不但跑来缠着我，还一副对陆莹莹厌恶又防备的表情，是怎么回事？

“她不是故意设计你，明明自己摔下楼梯，却说是你推的，而且她竟然还……”

说到这里，苏牧星想到什么，猛地停了下来，眼神变得暗淡，挣扎着看了看我，说道：“总之那个女人心机很重，你不要接近她就好了。”

“你是说，那次是她自己故意摔下楼梯，嫁祸给我的？”我激动地问道。

以前我只是怀疑，没想到却是真的。

可是，她为什么要嫁祸给我？我为了不得罪她这个女主角，已经在主动避开她了，我跟她见面的次数都屈指可数啊！

难道是因为北堂景？

可那时候我正被北堂景那家伙当跟班使唤，她不会因为我跟他走得近了一点儿，所以就讨厌我了吧？

她可是善良勇敢、天真可爱的女主角，怎么会这么小心眼？

“是啊。”苏牧原心虚地转过头，点了点头，又小声补充道，“你可不要说是我告诉你的哦，我是不小心听到北堂景和表哥说的，他们警告过我，不可以让你知道。特别是北堂景，他还威胁我呢……”

“为什么不让我知道？”

刚问完，我就明白过来了，身体踉跄了一下，苦笑着说："我知道，他们肯定是为了保护陆莹莹吧……"

我的心底升起一丝酸涩的感觉。

喜欢我？

北堂景的表白还真是可笑！在我和陆莹莹之间，他永远只会选择她，我只是一个可有可无的"女配角"而已。

我的作用不就是为这两个人的感情增加波折吗？用不了多久，他就会发现自己喜欢的人其实是她了吧！

"不会吧？那女人有什么好的，他们干吗保护她？"

苏牧原一脸不服气。

"呵呵。"我干笑了两声，发现自己根本笑不出来，拍了拍苏牧原的肩膀，自言自语似的说，"因为她是女主角啊。"

从陆莹莹她们班回去教室的路上，我遇到了北堂景，不，应该说他就站在那里等我。

在一群人的围观下，他斜着身子靠在栏杆上，戴着无框眼镜，手里竟然还拿着一束樱花。

我本能地想要逃跑，但这里是去我教室的必经之地，我不得不从这边走，而且想到刚才听到的消息，我一点儿也不想跟他说话。

对！

就当看不见他好了！

于是，我目不斜视，想要从他身边走过，可才走出几步就被他拎了回去：

“你想去哪里？又装作没看到我？”

“知道还问。”我小声地说道。

“嗯？”

北堂景发出一个不悦的声音后，又摇了摇头：“算了，我也懒得跟你计较，把花收下吧……”

看着递到我面前的樱花，花瓣上还有晶莹的水滴，我愣了愣。学校里的樱花前些天就已经凋谢了，怎么还会有呢？

最重要的是……

北堂景这是在明目张胆地送花给我吗？不是玫瑰，也不是百合，竟然是樱花？

他真有个性！

不不不，这些好像都不是重点，重点是北堂景为什么要送花给我？

知道了他和苏牧原故意隐瞒陆莹莹假装摔下楼梯的事情后，我再也不会天真地以为他是真的喜欢我了，就算是喜欢也是暂时的。

“我才不收你送的花呢！”

我拍开他的手。

北堂景的脸色变得阴沉，然后冷着声音说：“谁说这花是送给你的？这是新培育出来的多季节樱花，我只是让你带回去，插在我房间里……”

呃？

是我误会了吗？

我窘迫极了，脸变得滚烫，接过樱花，小声地抗议：“你不知道自己拿回去插啊，干吗拿来给我？”

“因为你是我的贴身小女仆啊。”北堂景面不改色地说。

他的声音不大也不小，恰好钻进了远远围观的人耳中。迎着大家朝我投来的诡异目光，我恨不得把北堂景的嘴缝上。

他有必要说得那么暧昧吗？

我狠狠地瞪了他一眼，再也不想跟他多说一句话，拿着樱花就朝教室跑去。

果不其然，一下午流言就像疯了般传开了，什么版本都有，当然最多的就是说我太喜欢北堂景，为了接近他就到他家去做仆人，来得到他的关注。

就因为这个，我被八卦的同桌问了一个下午的问题，连北堂景喜欢穿什么样颜色的内裤这种问题都有。

天啦！

我到底造了什么孽，招惹到北堂景这种人啊！

这就算了，北堂景这家伙还真的把我当成他家的仆人了，从端茶倒水到打扫房间，他一样都不放过我，把我使唤得团团转。

最让人受不了的是，他还请了一个家庭教师回来折磨我，说什么我的成绩太差，在学校会给他丢脸。

拜托！

我只是个仆人，丢你什么脸了？

呸呸呸，我才不是他家的仆人呢，我只是被逼的。

“老师再见！”

我挥了挥手，欣喜地目送补习老师离开。

一个晚上我就看着补习老师的秃头发呆了，他在那里滔滔不绝地讲解习题，可在我眼中，那些题目比北堂景还要让我难受。

所以，一送走补习老师，我才真的松了口气。

我正打算回房间，把昨天没看完的漫画看完，就看到北堂景从楼上走下来。

他戴着一款黑色边框的眼镜，款式和昨天的又不一样。虽然不知道他最近为什么喜欢上了戴眼镜，可戴上眼镜的他眼神不再像往常那样冷冽，五官似乎也跟着温和起来。

就像现在，他穿着白色的衬衣，衬衣只扣到第三颗扣子，下身穿着灰色的休闲裤，赤着脚从楼梯上走下来，那画面简直比漫画还让人垂涎欲滴……

吧嗒！

吧嗒！

什么东西在响？

“甜甜，你的口水掉下来了。”

北堂景勾起唇角，淡定地看着我。

“哪有！”

我下意识地反驳，又摸了摸自己的嘴角，等低头看到地板上的水滴时，我喊道：“啊，不是我，刚才那个人不是我！”

说着，我就想躲到房间去。

可北堂景眼疾手快地抓住了我，笑着说：“去哪里呢？跟我过来，今天的补习怎么样了？我还没有考你呢。”

我就知道！

他怎么可能那么容易让我逃走！

“呜呜，北堂景，你就放过我这个学渣吧，我要是那么厉害，当初我就跟菜心一起考进北堂学院了！”

我挤了两滴眼泪，差点儿就要跪下去抱他大腿了。

呃，当初菜心选择考进北堂学院，好像是因为我怕她被我的乌鸦嘴影响，硬逼着她填了这个志愿吧？

不过，自从来到北堂学院后，乌鸦嘴就再也没有发挥它的效果了，不管我暗地里咒了北堂景多少回，也没见过他倒霉。

所以……男主角就是这么恐怖的存在，连我的乌鸦嘴遇到北堂景都叛变了！

他是有多可怕啊！

但是渐渐地，我开始庆幸，来到这里之后，我变得像个正常人一样，可以任性地交朋友，可以跟菜心随意说话，不需要小心翼翼……

不对，我跟北堂景说话就要很小心，谁让他是这个世界注定的男主角，说起来他才是真正的大杀器，是绝对恐怖的存在。

“听话。”北堂景嘴角噙着笑意，摸了摸我的头，说道，“只有真正关心喜欢你的人，才会对你要求严格。我不要你成绩多么好，只要你自己努力了就行。你不能总是这样，糊里糊涂地活在自己的世界，我不在意，但其他人会看轻你……”

“北堂景……”

我呆呆地看着他。

这样的北堂景我从来没有见过。

他看着我的眼神那么温柔，又那么认真，他的话一句一句进入我的心里，让我不由自主地想要靠近他。

虽然我不知道他说的话有什么深刻的含义，但我知道他是真的关心我，因为老爸老妈尽管很爱我，也会在看到我的成绩时很生气，也说过要是我再不努力，就不认我这个女儿这样的重话。

可是，我真的能相信他吗？他是真的关心我、喜欢我吗？

想到陆莹莹的事情，我的心里就不能平静，毕竟在我的心里，他是属于陆莹莹的男主角，而不是我的……

“好了，现在我们先来考数学题。”北堂景的脸像变天似的，一下子板起来，“我听你的数学老师说，你不但在他的数学课上睡觉，还在做梦时说梦话，扬言要剃光我的头发，让我变成和尚？”

“噗——”

刚走进来的管家不厚道地笑了起来。

数学老师竟然还告状？

我想起来了，就是昨天下午，我不小心在数学课上睡着了，结果又梦到了那本漫画。

在漫画里，肖晓受到“田小甜”的挑唆，故意放火吓唬陆莹莹，差点儿烧死她，北堂景救下陆莹莹后气得不行，就开始折磨“田小甜”，也就是漫画里的“我”，把我的长发烧掉了一半，让我只能留难看的板寸头。

梦到这里，我完全把自己代入进去，顿时义愤填膺，结果哪知道自己在课堂上睡着了，当场就叫了出来。

“我，我不是故意的。”

我赶紧为自己辩驳，见他阴沉着脸，马上拍起马屁来：“北堂景，你就是

剃了光头，也是世界上最帅的！”

“哼！”北堂景瞪了我一眼，说，“真不知道你做的什么梦，有时间做梦，还不如多做几套题目。今天把这本习题做20页，不做完就不准睡觉。明天早上还要把家里的车全洗了，才准去上学！”

说完，他站起身走了。

我不敢相信地看着那本习题集，大声地喊道：“喂，北堂景，你这是虐待劳工！不，虐待童工！我要告你！”

呜呜！

亏我刚才还觉得他对我好，我肯定是产生幻觉了！

我好想念我的乌鸦嘴，要是可以的话，我要诅咒北堂景滚下楼梯，变成光头，去当和尚。

可是，北堂景在我恶狠狠的注视下优雅地上了楼。

而那头乌黑柔顺的短发，连一根发丝都没有掉下来，依旧那么帅气飘逸，完全可以媲美广告里的男模特。

3

时间一天天过去，我和北堂景的关系逐渐有了新的发展。我虽然对他存在警惕，但渐渐地发现，自己对他有点儿抑制不住的喜欢。

直到漫画里的剧情再一次出现。

学生会会议室。

我坐在北堂景的左侧，挂着会议记录员的头衔，可我一点儿也不务正业，拿着笔在纸上乱涂乱画。

哼！

我可听肌肉男部长说了，学生会会议从来是直接录音的，哪里需要什么记录员。我看北堂景就是故意的，想让我累死。

画完一只小狗后，我得意地把北堂景的脸画在了上面，还特意给他留了一个光头，在旁边写上——

光头景小狗。

就在这时，本来在认真听着文艺部报告的北堂景竟然转过身，在我的画旁边写了几个字——

明天把草坪剪了。

简直是晴天霹雳！

我狠狠地瞪了北堂景一眼，可他好像心情很好，马上坐直了身子，假装认真听报告，可嘴角那么明显的笑意，任谁都看得到。

我被整个学生会的成员们注视了。

尤其是陆莹莹，她看着我的眼神十分不友好，我甚至还感觉到了她的嫉妒。

她也是学生会的成员，虽说只是一个小小的干事，但这次开会她也参加了。从一开始她就老往我这边看，看得我有点儿不自在，我才埋头画画的……

呜呜！

我现在真的成了她的眼中钉了吧。

被应该成为“女主角”的陆莹莹这样嫉恨，我感觉越来越不好了，总觉得

会有什么不幸的事要发生。

果然，当大家跟着文艺部部长去礼堂看了社团晚会的彩排，又回到会议室的时候，陆莹莹忽然大声喊道：“糟糕，我的钱包不见了！”

“怎么会不见？你再找找。”跟她站在一起的女生也是文艺部的干事，赶紧说道。

“我离开前明明放在桌上的，肯定是有人偷走了。”说到这里，陆莹莹的眼里已经泛出泪花，着急地哭起来，“那个钱包是去年的时候景从法国特意给我买的生日礼物，我不可以弄丢它……”

大家的目光都集中到北堂景身上。

我也不由得看向他。

生日礼物？

怪不得陆莹莹这么急啊！

想到北堂景特意给陆莹莹准备过生日礼物，我的心里竟然有了小小的嫉妒。

哼，还说喜欢我，我可没见他为我准备过什么特别的礼物，唯一送我的东西还是一开始坑我的时候，店里顺便送的礼品呢！

不对，那根本就不叫送！

在大家的目光下，北堂景的眉头皱了起来，他紧紧地盯着陆莹莹，冷冷地说：“你又要什么把戏？”

北堂景这口气不对啊！

说起来，上次北堂景被绑架受伤的时候，陆莹莹来看他，他也是这种口气，这两个人之间发生过什么我不知道的事情吗？

我闷闷地看着他们。

啊！

这也是漫画的剧情！

可是……

在漫画里，明明是“我”为了整陆莹莹，故意偷了她的钱包，又在她包里放了“我”的东西，到时候“我”再提议每个人把自己包里的东西倒出来证明自己的清白，而这样陆莹莹的包里就会出现“我”的东西，“我”再冤枉陆莹莹贼喊捉贼。

可现在我明明什么都没做啊！

陆莹莹的钱包会是被谁偷去的呢？

“景，你怎么能这么对我？”陆莹莹的身体颤抖了一下，眼泪哗啦啦地往下掉，“我的钱包掉了，我着急有什么不对吗？更何况那是你送给我的啊！”

北堂景沉默下来。

这时，陆莹莹身边的女生又站了出来，提议道：“会议室的门是锁上的，所以钱包不会被其他人偷走。不如我们先把自己包里的东西都倒出来，证明自己的清白，毕竟我们学生会的名誉不能被破坏……”

“那……会长，你看这样行吗？”副会长小声地问道。

北堂景点头后，大家都纷纷拿出了自己的包，把东西倒在桌上。

哗啦啦——

哗啦啦——

一时间会议室里都是倒东西的声音。

当然，北堂景并没有动。

不过也没有人敢去怀疑他，毕竟那钱包是他送给陆莹莹的。

副会长带着陆莹莹一个个地检查之后，停在了她的桌上。我扫了一眼后就惊呆了，想也没想就脱口而出："我的项链和手机怎么在你那里？"

不可能啊！

为什么会这样？

我可是什么都没有做，为什么还会按照漫画的剧情发展呢？

处在震惊中的我呆呆地看着那条闪闪发光的樱花项链和手机，而陆莹莹早已惊慌失措地大哭起来："你们要相信我，我没有拿小甜的东西，我也不知道它们怎么出现在我的书包里，呜呜呜……"

她一边抹着眼泪，一边朝北堂景走过去，然后抱住他，说道："景，真的不是我，我是冤枉的，他们都可以怀疑我，只有你不可以！"

我终于回过神来。

看到紧紧地抱住北堂景的陆莹莹，我扶了扶额头。

你没做就没做，干吗要在大庭广众之下搂搂抱抱？这样就能证明你的清白了吗？而且又不是在演戏，哭得那么伤心干吗？

就算是在演戏，陆莹莹，你的台词也太恶心了吧。

还有，北堂景这家伙，人家冲过去抱住他，他竟然一点儿要推开的意思也没有，我看他非常享受嘛！

哼！

反正我是不会承认自己吃醋了的。

我撇了撇嘴，挖了挖耳朵，说："陆莹莹，你别哭了，我相信你，你把项链和手机还给我就好了。"

“你先放开我。”

北堂景总算有了反应，推了推陆莹莹。

“呜呜呜，我真的是冤枉的。”

可陆莹莹完全没把我的话听进去，依旧沉浸在自己的世界里，可怜巴巴地看着北堂景：“景，你一定要相信我，我真的没有偷，一定是有人栽赃陷害我……”

好吧！

现在连台词也跟漫画完美重合了！

我迈出去的脚步一滞，不由得感叹：这也太离谱了吧，兜兜转转硬是将剧情扳了回来！

不过我也很好奇，既然我没有做，那到底是谁把项链和手机放到陆莹莹包里的呢？

难道是孙妍？

应该也只有她跟陆莹莹不对盘了，可她不是在绑架事件后就被家里送去国外读书了吗，怎么可能是她？

对了，漫画里北堂景为了证明陆莹莹的清白，不是调出了监控录像，最后终于把罪魁祸首“我”给抓到了吗？

咳咳！

我指的是漫画里的那个“我”啦！

为了不再看陆莹莹和北堂景表演“悲情偶像剧”，我装作不经意地提议道：“我们去看监控录像吧，就可以抓到小偷了。”

“对，监控录像一定会拍到！”

“这是个好办法！”

……

大家都附和着我。

副会长又是一副请示的表情，看向北堂景：“会长，我们去查监控录像吗？”

北堂景看了我一眼，又低头看了看陆莹莹，揉了揉皱起的眉头，挥了挥手，说道：“去查吧。”

我们一群人浩浩荡荡地去了学校的保安室，因为所有摄像头的监控录像都在那里。

保安大叔很快调出了刚才的监控录像，结果却让我震惊得说不出话来。

监控录像里，在大家去礼堂的那段时间里，只有一个人出现在画面里，而画面里的那个人明明就是我！

虽然会议室离摄像头有点儿远，但是大家清楚地看到画面里的女生穿着跟我一模一样的衣服，扎着一样的双马尾，那清晰的侧脸分明就是我。

而且那个“我”鬼鬼祟祟地走进会议室，过了一会儿，手里还拿着一个钱包走了出来，把那个钱包丢到了门口的垃圾桶里。

“不，不可能！”

我吓得往后踉跄了几步，差点儿踩到后面人的脚。

“我想起来了，在礼堂的时候，田小甜离开了大半个小时，当时我以为她只是去了厕所，没想到她竟然……”那个文艺部的女生又站出来说话，她指着我，生气地说，“那项链和手机肯定也是你故意放进莹莹的书包里的，你干吗要栽赃给莹莹？”

“不是我！”我拼命地摇头，解释道，“我真的是去厕所了，上完厕所想出去，不知道为什么厕所门忽然就坏掉了，我打不开，所以等了那么久才回去！”

可没有人相信我。

大家都用怀疑的眼神看着我。

“小甜，你为什么这么对我？”陆莹莹眼中泪光闪闪，用哀伤的语气说道，“本来我已经放弃了，我想要把景让给你，可你怎么能这样？你不想景跟我有关系，我就离你们远远的，为什么要对我做出这种事情来？”

什么跟什么啊！

这跟北堂景有什么关系？陆莹莹这口气，说得我好像为了独占北堂景，不准她出现在北堂景身边，才故意栽赃她一样。

“北堂景，你来说，我跟你明明……”

我脑子都想破了，都无法想明白我为什么会出现在监控录像里，于是，我下意识地看向北堂景，想要向他请求帮助。

可是，当看到北堂景打量我的眼神时，我后面的话再也说不出来了。

他不相信我！

他也觉得这件事是我做的！

不过这也不能怪他，不是吗？

谁看了监控录像都会怀疑的，就连我刚才看到的时候，也怀疑自己是不是真的梦游做了这件事。

可为什么我的心会那么痛呢？

就像被一根根刺扎破了似的，痛得我连眼泪都要流出来了。

不要哭，田小甜！

这样的结局你不是早就已经知道了吗？从你傻傻地打算掉进北堂景的陷阱的那一天起，你就该预料到了啊！

“我知道了，我会转学的。”

说完，我转身跑出了保安室。

呵呵！

在没有变得更凄惨以前选择主动离开，是最好的，不是吗？难道要像漫画里那样等着北堂景折磨我吗？

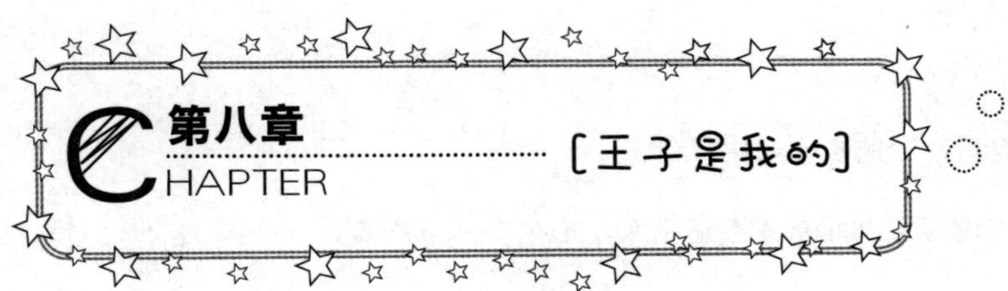
第八章
CHAPTER
[王子是我的]

1

“你站住。”

身后冷冷的声音叫住了我。

我没有想到北堂景会追出来，不由得停下脚步，一个高大的身影挡在了我面前。

“我已经决定转学了，你还想怎么样？”

我低着头，盯着地面。

“在事情没有弄清楚之前，你不能就这样走了。”

北堂景见我不看他，伸过手来，将我的下巴抬了起来。

我一下子就撞进他漆黑的眸子里，那里面充满了怒气。

“你在怀疑我不相信你之前，为什么不问问你自己，你有没有相信过我？”

北堂景的话让我一惊。

他是什么意思？难道他相信不是我做的？

怎么可能呢！

监控录像摆在那里，在大家都怀疑我、对我冷眼相待的时候，他怎么会相信我呢？漫画里的“我”那么凄惨，不就是因为他吗？

我的眼神代表了我内心的想法，北堂景看着我的目光越来越暗淡，他手上的力气跟着大了几分。

“田小甜，我不知道你为什么抗拒我，也不想知道，不过我说不让你走，你就走不了，至少也要接受惩罚后再走。”

我顿时清醒过来。

说来说去，这家伙就是想替委屈的陆莹莹惩罚我。

害我刚才还想那么多，以为他真的相信我，以为他真的和漫画里不一样，以为自己可以改变凄惨的命运。

“你不用说了，我不会走。”

我自嘲地笑了笑，掰开他捏住我下巴的手，绕开他就走：“可我现在要去上课了，会长大人，你不会阻止吧？”

“甜甜，我的意思是……”

北堂景看到我的笑容，怔了怔，脸上竟然有了一丝慌乱，想要抓住我的手臂，可我加快了步伐，躲开了他。

“我知道你的意思。”

眼泪流出来，我生怕被看见，干脆跑了起来。

“景，你不要走！”

我听到身后传来陆莹莹的喊声，跑得更快了，我生怕自己回过头去看到什

么不该看到的东西。

风从我的耳边吹过，好像把什么从我的心里吹走了。

好事不出门，坏事传千里。

我故意嫁祸陆莹莹的事迅速在校园里传开，我再一次受到了之前的“排挤”待遇，这次我学乖了，我都懒得去理那些人。

一到下课时间，我就一个人跑出去，躲在校园角落里的椅子上发呆。

“我就知道你会在这里。”

温柔的声音响起来，苏牧原就要往我身边坐过来。

“你不要过来。”我往扶手的方向靠过去，警惕地看着苏牧原，大声喊道。

苏牧原没有料到我的反应会这么激烈，以为我是在害怕其他人，于是小声地安慰我：“不要怕，是我。”

“我知道是你。”我白了他一眼，想也不想就说，“我说的就是你，离我远点儿！谁知道你是不是替陆莹莹来教训我的……”

既然剧情已经回来了，那苏牧原很可能会突然变身“正义的男配角”。

苏牧原愣住了，脸色惨白，竟然没有否认，半天才慢慢地说道：“小甜，你放心，我再也不会了。”

咦？

他的话真奇怪，好像他真的对我做过什么一样。

可是，我来北堂学院也有两个多月了，我怎么不记得他对付过我？

其实刚才我也只是说说而已，并没有觉得他会对我怎么样，经过这么多天的相处，我也知道他不是那种人。

毕竟他要是真的想出手，我现在就可能遭殃了。我可清楚地记得那次晚会的时候，他差点儿掰断了孙妍的手腕。

“呃，你干吗突然这么说，说得你好像真的做了什么一样……”

看到苏牧原歉疚的表情，我反而不自在起来，笑了笑说：“对不起，我刚才只是心情不太好，所以才那样对你，你不要想太多。”

说完，我朝他的方向挪了挪，伸出手来拍了拍他的肩膀。

“我该说对不起才是。”苏牧原的身体明显颤抖了一下，他看了看我，眼底满是挣扎，突然说道，“小甜，你真的是一个善良的女生，幸好他将你保护得很好。我知道他不想要你知道这些事，但我还是想当面跟你道歉，其实……”

苏牧原话里的那个“他”指的是谁，我竟然不用想都知道，我的心跳也跟着加快，总觉得有什么呼之欲出。

难道……

“其实什么？”

我有些紧张地看着他。

“其实我一开始就是有目的地接近你，那次晚会你跟景忽然消失后，莹莹就开始疑神疑鬼。她觉得景对你的感觉不一样，她害怕失去他，于是求我，希望我能帮她。她说只要你喜欢上我，景就不会离开她了……”说到这里，苏牧原自嘲地笑了一下，摇了摇头，“可笑的是我明明知道这样不对，明明心里很

生气，气她怎么可以这么对我，可看到她的眼泪，我还是忍不住答应了她，甚至后来还帮她做出了绑架自己这样的蠢事……”

他是故意接近我的？

这一点我可是完全不知道呢。

我就说嘛，漫画里那么温柔深情的男二号，没有帮陆莹莹对付我就不错了，还对我那么好……

呵呵！

我果然是女配角的命运啊！

不过……

“等一等！”我打断了他的话，疑惑地问，“那次绑架不是孙妍做的吗？怎么成了陆莹莹自己绑架自己了？”

“那群小混混的确是孙妍找的人。”苏牧原看了看我，苦笑着说，“可是我无意中知道了这件事，就告诉了莹莹，没想到莹莹想将计就计，说是要挽回景的心，跟他告白，让他知道自己的感情……我本不想答应她，可她竟然哭着向我跪下，说我如果不答应，这次她就不只是自己摔下楼梯了，她会从学校顶楼跳下去。我不得不答应她，用两倍的价钱说服了那群小混混，提出了不要伤害莹莹的要求，可没想到你会代替莹莹被绑架。莹莹知道后很生气，竟然吩咐那群小混混教训你……”

我惊呆了。

天啊，陆莹莹都做了什么呀！

天真善良、以德报怨、就算别人伤害了她，她也会原谅别人的天使形象呢？女主角的人设怎么就这么崩掉了？

难道是因为我提前在梦里看到了漫画的原因？

我从来没有想过，陆莹莹会喜欢北堂景到这个程度，漫画里不是说，她一开始并没有意识到自己的感情，两个人是在经过了各种磨难之后，才渐渐发现喜欢对方的吗？

“北堂景知道吗？”我盯着苏牧原的眼睛，一字一顿地问，“北堂景知道绑架我们的主谋是陆莹莹，并不是孙妍吗？”

“是我去找的那群混混，你要怪就怪我吧。”

苏牧原躲开了我的眼神。

不愧是深情的男二号啊！

可我想要确认的并不是这个，我大声地说道：“你只要回答我，究竟北堂景知不知道，不用说其他的！”

“他……知道。”苏牧原像是被我激动的情绪吓到，回过头来，“孙妍还是他利用学校的关系送到国外去，说是去游学，其实是打算让她不要再回北堂学院了……”

“呵呵，他为了保护陆莹莹，还真是什么都做得出来，竟然把事情全部推给孙妍，让她做替死鬼！”

我冷笑着。

“不是的。”苏牧原摇摇头，说，“他是为了你！”

“别骗我了！”我想都没想就反驳道。

“我没骗你，孙妍知道自己绑架不成功，又知道景为了救你受伤后，她觉

得你连莹莹都不如，为什么景选择你也不选择她，所以她彻底爆发了，竟然找了更厉害的混混想要对付你。景为了以绝后患，就留了证据在手上，威胁着把她送出国了……”

苏牧原慢慢地跟我解释。

听完，我沉默了半天，心里其实在翻江倒海。

不可能！

北堂景肯定是为了保护陆莹莹，才不会为了我呢！

“你不要骗我，我才不信！话都是你们自己说，我怎么一点儿感觉都没有？况且，他为什么不告诉我绑架是陆莹莹自导自演的？”我紧拽着自己的手，激动地说。

“景如果真的想做一件事，一定是不留痕迹的，他知道你对莹莹特别敏感，从一开始他就没打算让你知道。”苏牧原说道。

“你干吗老是帮北堂景说好话？他给你钱了吗？哼，不管他是不是为了我，我都不在乎！”我瞪了他一眼。

“其实你是知道景对你的感情的吧。”苏牧原意味深长地看着我，突然问道，“小甜，你到底在逃避什么？”

“我才没有！”我躲避着，生硬地把话题转到陆莹莹身上，故意问道，“那……这次不是我敏感啊，有人告诉我，陆莹莹那一次摔下楼梯，也是她故意嫁祸给我的吗？”

我是不是把苏牧星出卖了？

“是的。”苏牧原的表情变了变，点了点头，眼底透着失望，“当时我刚好站在楼梯下面，如果不是我亲眼所见，我也不会相信莹莹会做出这种事。可就算是那样，看到她摔下来的那一刻，我还是不由自主地冲过去……但我还是无法认同她的行为。我很失望，不知道该怎么面对她，所以第二天，我以参加国际小提琴大赛的理由提前去了美国……对不起，当时我没能站出来为你解释……”

他现在道歉有什么用，伤害都已经造成了！

我翻了一个白眼。

“算了。”我摆摆手，大方地说道，“我理解你，一个是喜欢的女生，一个只是路人，你的选择也没有什么不对，况且你本来就是忠犬男二号的设定……”

不知道为什么，听到他说的这些真相，我的心情竟然没有太大的起伏，也许是因为漫画，苏牧原在我心中就是属于陆莹莹的男二号，他为她做任何事情都是应该的。

可是，北堂景不也是这样吗？

那我为什么在想到他是为了陆莹莹而隐瞒楼梯事件的真相，又为了她说出要惩罚我的话时，心里会那么难受呢？

明明北堂景才是真正的男主角啊，他和陆莹莹可是命中注定要在一起的！

“什么？”苏牧原疑惑地看着我，好像并没有听到我的话，然后像是想到什么，笑着说，“小甜，也许你对景比你自己想象的还要在意。虽然你现在还没有意识到，但总有一天你会发现的，就是不知道景有没有耐心等下去了……”

他怎么又绕到北堂景身上了？

“停停停！”我马上打断了苏牧原的话，又对他翻了一个白眼，“我才不在意他呢，他那个大骗子，骗得我团团转，还说什么喜欢我，结果一转身就跟陆莹莹……”

说到这里，我停了下来。

我的语气竟然带着埋怨和醋意，这个发现让我吓了一大跳。

“对不起。”我小声地说道。

“呵呵。”苏牧原摇头苦笑着，拍了拍我的脑袋，说道，“没关系，虽然我有点儿不甘心帮景说话，但他确实为你做了很多事，有些还那么幼稚，比如楼梯事件后，他按原样弄脏了那些欺负你的女生的书，比如故意弄坏自己的笔记本……”

“我就知道是他做的！”我气呼呼地站起来，“这家伙就是一个幼稚鬼，一肚子黑水，他上辈子肯定是只鬼头鬼脑的八爪鱼！”

“小甜，你的关注点怎么总是那么奇特……”苏牧原笑了起来，幸灾乐祸地说，“好了，看来景遇到你算是遇到克星了，我想他从来没有想过自己有一天会被人骂是八爪鱼吧。”

“还是一只每天藏在冰箱里，对着人放冷气的八爪鱼！”

我一边说，一边做出八爪鱼的模样。

“哈哈哈……”

苏牧原抱着肚子发出爆笑声。

等我感觉到身后传来一股冷气，已经晚了。我僵硬地转过身，看到北堂景高大的身影，我没出息地转身就跑。

结果，我的左脚绊到右脚，摔了个狗吃屎。

呜呜……

果然在背后说别人坏话是会遭报应的！

2

那天在北堂景面前狼狈地摔倒后，他什么都没说，走到我身后，将我温柔地抱起来之后，拍了拍我的脑袋，就一个人走了。

对于他这样的反应，我心里有种说不出的感觉，好像我和他之间哪里不一样了，但又好像什么都没变。

似乎我从遇到北堂景的第一天起，他其实并没有为难过我。

漫画里，我作为女配角所承受的一切灾难和痛苦都没有降临到我身上，反而是他默默地在背后为我做了那么多事。

接下来的几天，因为陆莹莹事件故意排挤我的同学们也不再排挤我，北堂景说的“惩罚”也迟迟没有到来。

反而是我，突然迎来了一个超大的惊喜。

“菜心，你怎么会在这里？”

我惊讶地看着眼前笑得一脸灿烂的菜心，她身上穿的竟然是北堂学院的校服。

“我转回北堂学院了。”

菜心指了指自己胸前的姓名牌。

“好啊，你又骗我！”我捧住菜心的小圆脸，在她的脸上使劲地揉了揉，“昨天晚上跟你视频的时候，你还说什么好想跟我一起上学，原来是故意的！”

“我没骗你啊，我是很想跟你一起上学嘛。”菜心挣脱开我的手，挽住我的手臂，说，“你不是说，在北堂学院你的乌鸦嘴一点儿都没有用，我才放心转回来的……”

“你这个臭丫头！”我戳了戳她的额头，骂道，“我看这才是重点吧，你老实说，以前你跟我说不在意被我乌鸦嘴连累的那些话都是忽悠我的吧？”

“呵呵，被你发现了！”

菜心故意夸张地朝我眨了眨眼。

“哼……”

我装作生气地偏过头去。

“好啦好啦。”菜心拉着我的手摇了摇，笑着凑到我面前，问道，“你和北堂景到底怎么样了？”

“干吗又说他？”

我翻了个白眼，心虚地躲开菜心的目光。

“你脸红了哦！”菜心的语气带着调侃，用手指戳了戳我，“我前几天去你家的时候，叔叔阿姨一直跟我夸他呢，说让你进北堂学院真是对了，还说什么因为北堂景，你的成绩不但进步了，还越来越勤奋……”

“什么？他们怎么知道北堂景的？”

我吓了一跳，紧紧地握住菜心的手，急忙问：“那他们知道我住在北堂景家的事吗？尤其是我老妈！”

不要啊！

依我老妈那熊熊燃烧的少女心，要是知道我还住在北堂景家，肯定会把我卖了，倒戈相向……

“那倒是没有，他们只是说北堂景亲自打过电话给他们，说你的成绩进步很快，学校会颁发进步奖给你。”

菜心歪着头想了想，又想到什么，暗暗地笑起来：“我觉得北堂景遇到你后，就像变了个人一样，想当初他威胁我，让我骗你的时候，可吓人了，那双冷冷的眼睛看得我直发寒呢。不过他的声音真好听，长得也很帅……”

“所以你就把我卖了！”

我斜着眼看她。

就在这时，北堂景的声音响起来。

“甜甜。”

真是说曹操曹操就到，看到菜心放光的眼睛，我顿时感觉大事不好，这臭丫头不知道会胡说些什么。

可我还没来得及警告菜心，北堂景已经走到我们面前。他今天没有穿校服，穿着一身骑马装，修身的装束让他更帅气了。

“嗨！”

菜心流着口水，跟北堂景打招呼。

北堂景看着她，皱了皱眉头，问道：“她是谁？”

我和菜心面面相觑。

对了，我们都忘记了，北堂景是个脸盲！

菜心的脸上露出一丝失望，指了指自己衣服上的牌子，说道：“我是菜心，明明是你让我转学回来陪小甜的，原来你根本就没记住我。我还以为我在会长大人心中至少也有一点点分量，原来在你眼中，我除了可以拿来利用骗小甜以外，什么都不是……”

“好了，我知道是你。”北堂景瞥了菜心一眼，打断她的话，说道，“跟电话里一样话多，聒噪得很。”

“哈哈哈……”

看到菜心憋红的脸，我捧腹大笑起来。

不愧是北堂景，说话一向不留余地，一针见血。

在我笑得前俯后仰时，北堂景突然走过来，一把抓住了我的手：“走吧，今天早上的骑术课，我来教你。”

“等一下，我什么时候选了骑术课？”

我不肯跟他走。

北堂学院每个学期都会有选修课，包含音乐、艺术、骑马、射击等各种课程，每个学生必须选修两门，否则连毕业证都拿不到。

可是，我选的明明是油画和小提琴啊！

“我帮你把小提琴课改成骑术课了。”北堂景头也不回地说道。

“什么！你凭什么改我的课啊，我都答应了牧原要跟他一起学小提琴，我连小提琴都借好了！”

我郁闷地举起小提琴盒给他看。

北堂景也不管我，朝菜心看了一眼。

菜心这个叛徒走过来说道：“嘿嘿，没关系，我帮你把它拿到教室去，你就和会长大人好好地学骑马吧。骑术课可是我们学校的特色呢，好多人想选都选不上哦……”

“可我一点儿也不想学啊，我比较喜欢小提琴！”迎着北堂景的目光，我硬着头皮说道。

因为学校每一门选修课都会选一个高年级的学生来当助教，而我就是想要离北堂景远一点儿，所以当我知道骑术课的助教是他的时候，就算我对骑马更有兴趣，我还是选了小提琴课。

“是吗？”北堂景转过头来，不紧不慢地说，“我怎么听说你喜欢骑马？你不是对乐器一点儿兴趣都没有吗？一个连小提琴有几根弦都不知道的人，还说喜欢？”

他怎么什么都知道？

我看了看菜心，见她心虚地低下头，气得我大喊道：“你这个臭丫头，大叛徒，你又出卖我！”

“走吧。”

北堂景已经失去了耐心。

可我不愿意就这么跟他走，赶紧说：“不行，我们还在冷战！”

“呃？”北堂景瞥了瞥我，想了想，说，“我怎么不知道？我只知道我现

在是骑术课的助教，你不想拿零分就跟我走。”

漫画里他不是冷漠的性格吗？怎么到我这里就变成了死不认账、脸皮厚了？

就这样，我泪流满面地被北堂景拖去上骑术课。

虽然看到雄赳赳气昂昂的马儿们，我高兴了老半天，但练习开始后，我就恨不得赶紧离开。

北堂景这个家伙竟然要跟我同骑一匹马！

骑一匹马就算了，他还动不动就在我耳边说话。他声音低沉，说话的时候气息全喷在我的耳朵后面，我连动都不敢动了，别说学习了。

偏偏他还……

“我刚刚说的几个重点你听到了吗？”北堂景的手突然伸过来，覆在了我的手上，将缰绳放到了我的手里，又说道，“好，你现在试着拉住绳子，让马往右边转……”

“什么？”

我完全没有听进去好吗！

“我说，你按我刚才教你的，让马儿朝右边转。”北堂景又对着我的耳朵说了一遍。

他绝对是故意的！

说话就说话，吹什么气！

可他还嫌不够似的，又伸过手来，将我垂在脸颊旁的头发往耳后捋去。天气很热，他的手指却凉凉的，让我吓了一跳。

“喂，你不要动手动脚的……”

我生气地转过头，想要给他一个白眼，可就在这个时候，他正好低下头来，我的嘴唇碰到了他的侧脸。

我做了什么？

我已经忘了动弹，瞪大眼睛看着眼前放大的侧脸。

“咔嚓——”

相机的快门声传来。

我这才反应过来，往周围看去，发现很多同学都拿出手机在拍照，还有一个不知道从哪里冒出来的眼镜男，拿着一部相机对着我们拍。

你们也太夸张了吧！

我想捂脸大哭的时候，北堂景的嘴角往上一扬，笑道：“甜甜，我不知道原来你是这么主动的女生……”

呜呜！

我真的要哭了！

谁主动啊，谁都知道刚才只是个意外好吗！

“咔嚓——”

眼镜男又对着我们拍了几张。

他的眼睛里闪出八卦的光芒，说道：“天啊，我发了，我拍到北堂景笑的照片了，今天的头条也有了！”

“那位同学，你过来一下……”

北堂景对眼镜男招了招手。

“是，会长大人。”

眼镜男受宠若惊地跑了过来。

“刚才甜甜主动亲我的那张照片，下课之后发到我邮箱里，我就不追究你偷拍的责任了。”北堂景一本正经地说道。

“是，我一定给你发过去。”

眼镜男点头如捣蒜，生怕北堂景改变主意，说完就一溜烟跑掉了。

在大家的目光下，我的头已经快埋到马的鬃毛里去了，我捂住脸，跳下马。

“我不要学骑马了！”

说完，我就往马场外面跑去。

为什么？

怎么会这样？

漫画里也有学骑马的情节，可刚才北堂景对我做的小动作，还有我们不小心的吻，这些本来应该发生在陆莹莹身上才对。

我感到很慌乱。

到底哪里出了问题？好像无意中我已经抢走了属于陆莹莹的女主角待遇，变成了女主角。

这种偷了别人东西的感觉一点儿也不好。

我不想代替谁，我只想做我自己。如果北堂景是陆莹莹的，那我也不想跟她抢。

刚跑到马场外，我就被北堂景追上了。

“为什么要跑？”

北堂景将我抓住，推到一边的栏杆上。

“你，你到底想干吗？”

我害怕地看着他。

“这句话应该是我问你才对！”北堂景皱起眉头，两只手放在栏杆上，将我圈了起来，“你到底想怎么样？我以为我对你的喜欢已经表现得很明显了。”

“我……”

我愣住了。

这是北堂景第一次这么直白地说喜欢我，我完全没有准备，只能呆呆地看着他。

愣了半天，我才慌忙地躲开他的视线，盯着脚下的草地，小声地说道：“你，你不要乱说，你喜欢的人才不是我呢。你应该喜欢陆莹莹啊，你们青梅竹马，两小无猜，你们俩最般配了……”

“甜甜，我不明白。”北堂景收回了放在我两侧的手，声音低沉得让我觉得难过，他说，“我不知道你为什么一直要将我跟莹莹扯到一起，但我可以告诉你，我从来都没有喜欢过她，也不会喜欢她。我只喜欢你，因为全世界那么多人里，我看到你的第一眼就记住你了，从那以后，我的眼里只看得到你……”

“北堂景……”

他的告白让我的心扑通扑通跳起来，我猛地抬起头，就望到他深情的双

眸，那里面有一丝伤感。

我的心一动。

“没关系，我给你时间。”北堂景的嘴角挂上了一丝苦笑，轻轻地摸了摸我的头，说道，“不管你心里还有什么顾虑，我会给你时间让你慢慢接受我的。”

“其实我……”

我突然很想告诉他关于漫画的一切，可就在这个时候，北堂景的手机响了起来。他接起电话后，看了我一眼，说道：“好，你把她带到广场去，我们就过来。”

“谁啊？”

我隐约觉得事情跟我有关。

“到了你就知道了。”

北堂景带我来到广场，我看到一个跟我的穿着打扮差不多、扎同样发型的女生站在那里。她身上穿的那件衣服我记起来，正是学生会举行会议那天我穿的那件。

“你是……”

我走到她面前，发现我们俩站在一起，如果不仔细看，还真的像是双胞胎。

这时是下课时间，广场上有很多同学，看到我们两个长得那么像，都跑过来围观。

“我叫章佳佳。”她朝我腼腆地笑了笑，又朝我鞠躬道歉，“对不起，那天是我将你的手机和项链放到陆莹莹的书包里，又把她的钱包丢在外面的垃圾桶里的，监控录像里面的人也是我，目的就是让大家怀疑是你嫁祸给陆莹莹的……”

她一说完，大家都发出了惊呼声。

反倒是我没有太惊讶，因为上次苏牧原告诉我陆莹莹三番五次对我做的那些事后，我就隐隐约约猜到是她做的了。

我只是没想到，世界上还有和我长得这么像的人。

所以我问了一个蠢问题：“那个……我肯定我是我爸妈的亲生孩子，因为我老妈还留着我的胎毛做成毛笔呢。我可以冒昧地问一下，你确定你是你爸妈亲生的吗？”

不会真的像电视剧一样，有什么出生的秘密吧。

老妈当年生了一对双胞胎，在医院的时候，被别人抱走了一个，老爸老妈伤心欲绝，所以两人默契地不提起这件事情，连我都瞒住了。

“我确定。”章佳佳愣了半天，笑着说，“你看见我妈妈就不会这么问了，我跟她长得很像，我们不是什么双胞胎姐妹，你不要乱想。”

“呵呵，那就好。”

我尴尬地摸了摸后脑勺。

“如果知道你这么可爱，一点儿也不像她说的那么坏又有心机，是那种会抢走别人喜欢的人的女生，我肯定不会帮她做这种事的。”

章佳佳握住我的手，又看了看我身边的北堂景，笑着说道：“还好他是真

的喜欢你，一直都相信你，还找到了我，说服我帮你做证。现在她为了维护自己的尊严，出国去了，你可以放心地跟他在一起了……”

“好了。”北堂景阻止了她继续说下去，冷着脸说，“话不要那么多，跟我去学生会在证明书上签字吧。”

“再见，你一定会幸福的。”

章佳佳朝我摆了摆手，跟着北堂景走了。

而我站在原地，久久都没有回过神……

原来北堂景从来都没有怀疑过我！

从始至终，他都相信我是无辜的，而且他一个人默默地帮我查出了真相，还找到了章佳佳来证明我的清白。

他那天说要惩罚我，估计也是随口说说吧。

北堂景对我真的很好，而我也是喜欢他的，不是吗？难道我真的要因为那本在梦里看到过的漫画，把他推得远远的吗？

可他真的不是属于陆莹莹的男主角，而是属于我的王子吗？真的吗？

3

就在我纠结要不要接受北堂景的时候，我又被绑架了！

这种只属于“女主角”的情节设定，已经两次发生在我身上了（虽然第一次是我自己撞上的），我都要怀疑命运是不是真的发生了改变。

我已经变成女主角了？

“田小甜，你是不是在想，你成功地将景从我身边抢走了？你是不是觉得你才是真正的公主？”

这时，一个女生的声音响起来，就像是在回应我似的。

“你是谁？干吗要绑我？”

我的眼睛被蒙住，眼前一片黑暗，但声音听起来有点儿熟悉，像是陆莹莹。她不是出国了吗？

“是我。”

她说着，解开了蒙住我眼睛的黑布。

适应了一下光亮后，我就看到了陆莹莹的脸，只是她的嘴角肿了起来，那颗黑色的痣也消失了。

“你把痣点掉了？”我下意识地问。

“咯咯。”陆莹莹笑了起来，半月形的眼睛里却流出了泪，“没想到你一下子就能看出我的变化来，可是景呢？只要我做了任何改变，哪怕是心血来潮换了一个发型想要给他惊喜，他都认不出我来，所以从小到大我几乎扎同一款发型，永远穿着白色的连衣裙，就连发带都不敢换颜色……”

“呃，那是因为他脸盲吧！”我尴尬地提醒她，又动了动身体挣扎了一下，“你绑我也没有用啊，你应该带他去看医生，虽然脸盲可能治愈不了……”

“是啊。”

陆莹莹像是陷入了自己的世界，她自言自语道：“所以我一直骗自己，只

要我努力陪着他，在他身边，总有一天他会发现我的存在，他的眼里只有我。渐渐地我真的相信了，景也对我很好，但总少了点儿什么，直到……”

她朝我瞪过来，眼神里透着恨意，吓了我一跳。

好恐怖！

天啦，这漫画的剧情已经完全崩溃了，到底是我没有看到漫画的最后，还是我没有按照漫画的情节走，才变成这样的？

陆莹莹咬着牙，狠狠地说：“直到你的出现，你打破了我们之间的一切。我看到了景看你的眼神，我知道我的梦想破灭了，他看着你的时候那种炙热、新奇、强烈的感情，让我感到恐慌……”

喂，你肯定是看错啦！

他看我的眼神分明充满了算计，我看是你想多了吧！

“不过……”

在我还没有开口前，陆莹莹突然抹了抹眼角的泪，笑着对我说：“不过我不甘心，我还是想赌一次，景对我不可能真的没有感情，我不相信十多年的陪伴，我在他的心中比不过才认识几个月的你！”

我的胸口一闷，竟然找不到反驳的话。

是啊！

漫画里不就是这样吗，北堂景也是一步步才发现自己是喜欢陆莹莹的，只是这份感情藏得太深，连他自己都没发现而已。

“我已经让人打了电话给他，说我被绑架了。”陆莹莹走到我面前，对着我露出一个天使般的浅笑，“等一下你就可以帮我做个鉴证，看一看我在景心中究竟是不是很重要！”

“这面镜子，你从里面可以看到外面，但从外面却看不到里面。”她指了指我的前面。

我顺着她指的方向看过去，在我对面的墙上，果然有一大块镜子，我可以清清楚楚地看到外面，那是一间破烂的大房子。

墙上刷着绿色的漆，但漆已经脱落得差不多了，房子里只有几张破椅子和一张破桌子，场景异常熟悉。

这是漫画后面，“我”不甘心，又叫了几个小混混绑架了陆莹莹，打算威胁她，叫她自己离开北堂景去国外上学。也是在这里，北堂景为了陆莹莹，被人打破了头，还差点儿变成植物人。

陆莹莹在医院里照看了他几个月后，北堂景终于醒了过来，两人的感情再一次升华。北堂景打算跟陆莹莹订婚，而“我”就没那么好运了，被赶出学校不说，老爸还被我连累得失去工作，最后房子贷款还不上，差点儿流落街头……

所以——

这是又绕回到漫画剧情上了吗？

还有完没完了！

我只能看着陆莹莹走出去，她雇的小混混将她的头蒙住，又将她的手绑在了椅子上面，不过奇怪的是，她竟然穿着白衬衣和牛仔背带裙，而不是漫画里提到的白色连衣裙，而那背带裙跟我平时穿的好像……

可我来不及想，外面就传来了北堂景的声音。

“你们把她放了。”

北堂景穿着黑色的休闲裤和白色的衬衣，一步步地走到小混混面前。

“我会给你们想要的，但是你们敢动她一下，我不会放过你们的。”

一模一样的台词。

我紧紧地握住拳头，指甲都扎进了肉里，也没有感觉。

通过玻璃，我清楚地看到陆莹莹的手指动了一下，可能那个是指示，一个小混混马上走过去将陆莹莹的手臂往后一拉：“你不要过来，把钱推过来就可以，不然我就把她的胳膊扭断！”

那个小混混真的做出要扭断陆莹莹胳膊的姿势。

陆莹莹对自己都这么狠！

我瞪大了眼睛，在心里祈祷：北堂景，快点儿把钱放下！千万，千万不要跟小混混们打起来！

就算你真的喜欢陆莹莹，也不要拼命！

求你了！

可是，他并没有听到我的祈祷，在看到小混混的动作后，北堂景的眼睛已经红了，他快速地冲了过去，一脚就将他踢到了身后的墙上。

“喂！你敢打我兄弟！”

其他小混混激动起来。

本来只是一场戏，结果小混混们真的跟北堂景打起来。

在打斗的过程中，我注意到，北堂景始终护着坐在椅子上的陆莹莹，没有让她受到一点儿伤害。

我的手渐渐地捏紧，等我回过神来的时候，手掌上已经满是指甲印，有些地方还被划破了，流下血来。

可是我一点儿感觉都没有。

因为心比这个更痛，那种被针刺般的痛已经让我麻木。

我看到一个小混混像漫画里那样，拿着椅子朝北堂景的头砸去，而他蹲下去，紧紧地抱住陆莹莹，就像上次保护我那样，一点儿都没有犹豫。

不！

一点儿都不一样！

陆莹莹是女主角，而我不是！

我看着眼前这一幕比电影还要感人的画面，却怎么也感动不起来，我不知道自己的心里在想什么，我只是傻傻地盯着，一动也不动。

我在干吗？

漫画里的男女主角即将经历苦难，幸福地走到一起了，我应该祝福他们啊，我这个“恶毒女配角”也算是功德圆满，促成了他们的感情了！

我这么一想，却发现眼睛里已经满是泪水。

哗啦啦！

眼泪顺着眼角流下来。

我被绑着手脚，连擦都不能擦，只能让它们不停地流。

田小甜，你真是可笑，还想着要不要接受北堂景的感情呢，结果一切都是你在妄想，在自作多情而已。

不过，幸好还来得及！

我开始庆幸自己并没有答应北堂景的告白，不然现在我就真的成了笑话了。

可我为什么还是忍不住想哭？不管我怎么说服自己，我的心里就像是缺了一个口子，我忍不住想要大声哭出来。

“景——”

玻璃的那一边，陆莹莹却比我抢先一步，歇斯底里地喊了出来：“为什么？为什么你可以为了她，一次又一次这么做？”

陆莹莹的喊声让我顿住。

我的脑海里有什么一闪而过，我看着她身上穿的那套衣服，顿时明白了什么——

难道陆莹莹在假扮我？她假扮我，却让我以为北堂景不顾一切去救的那个人是她，好让我对北堂景死心吗？

“果然，你不是她。”

玻璃并不隔音，所以我清楚地听到了北堂景的声音，尽管有点儿虚弱，他还是撑着椅子站了起来。

“你知道？”陆莹莹愣了一下，马上又想到什么，眼睛里露出希冀，说道，“你知道我不是她，你还选择救我，我猜得没有错，你是喜欢我的，对不对？”

陆莹莹的话让我又是一怔。

“不是。”

北堂景冷冷地看着陆莹莹，眼神里没有一丝感情。

“我只是不愿意去赌，哪怕她受到一点点伤害，我都会难过，所以就算我早就看出你不是甜甜，我也不会放弃保护你，因为只要有0.01的可能，我都不敢赌……”

听到北堂景的话，我再也没能忍住，呜呜地哭起来。

因为漫画的原因，我一直都在怀疑他对我的感情，我也把自己封闭起来，我在不停地催眠自己，告诉自己不要喜欢他。

可这一刻，那些被我埋藏在内心深处的喜欢汹涌而出。

哗啦啦——

比我的眼泪还要汹涌，如洪水决堤般冲了出来。

我好想大声告诉他，我也喜欢他，我想要不顾一切，不去想那本漫画，不去想自己是什么“恶毒女配角”。

不管那个梦是巧合还是预言，又或者我们只是活在某本漫画里的人物，我都不想再去纠结了。

我想要跟他告白——

北堂景，我好喜欢你，我再也不会推开你了。

“景，你真的很残忍！”

陆莹莹抹了一把眼泪，突然笑起来，笑得很狰狞：“好，既然你那么喜欢田小甜，那我就送你一个礼物，我要让你永远都见不到她！”

“你把她怎么样了？她在哪里？”

北堂景的声音都在颤抖，他扶着墙壁，已经摇摇欲坠。

“我不会告诉你的……”

陆莹莹坚决地转过头去，不去看北堂景。

就在这时，房子的大门被人从外面推开，苏牧原走了进来：“莹莹，你不要再执迷不悟，你到底要错到什么时候？”

“你怎么找到这里的？”

陆莹莹有点儿慌张，她往外面看去：“有人跟着你吗？你不会报警了吧？苏牧原，你不是发过誓要永远对我好的吗？”

“莹莹，你不要紧张，我一个人来的……”

苏牧原走过去，一把抓住了激动的陆莹莹，眼底满是忧伤。

“我求你了，你不要再这样下去了，你已经变得不像自己了，为了一个不爱你的北堂景，真的值得吗？我知道，从小到大，在你心中就只有他，你从来都看不到我，可是我并不在乎，我一直默默地守护你。你说你不甘心守了北堂景那么久，可我就甘心了吗？你看着我的眼睛，告诉我，你真的对我一点儿感情都没有吗？”

“牧原，我对你……”

陆莹莹渐渐恢复了平静，她难以置信地看着苏牧原。

“你从来都没有想过，是不是？”

苏牧原苦笑了一下，慢慢地说道：“你只是一有问题，第一个就想到找我诉苦，你在北堂景面前永远表现得完美，像一个天使。你有没有想过，你这么做，是因为潜意识里你就是依赖我的？”

“牧原，你不要说了！我不想听！”

陆莹莹一边往后退，一边捂住了耳朵，疯狂地往外面跑去。

“莹莹——”

苏牧原跟着追了出去。

最后，屋子里只剩下北堂景和几个小混混。

小混混们面面相觑，不知道该怎么办，而北堂景撑住墙，冷冷地看着他们：“告诉我，她在哪里？不然等一下警察来了，我可不会保你们。”

“大哥，我们只是听那丫头的话啊……”

“不要废话。”

北堂景不耐烦地打断，冷声问：“她在哪里？”

小混混们指了指我所在的小房间，然后我看到北堂景朝我走过来，他每走一步都是那么吃力，每走一步，都会有血滴在他走过的地方。

不要！

我挣扎地想要站起来。

为什么大家都没有发现他受伤了呢？

苏牧原，陆莹莹，你们都给我回来啊，你们难道没有看到北堂景的头在流血吗？竟然就那么跑掉了。

你们还是不是人啊！

当北堂景一脚踢开门，走到我面前时，我已经满脸都是泪水。

他将塞在我嘴巴里的布拿了出来后，又从口袋里掏出手帕帮我擦掉眼泪，将我抱住：“没事了，我在这里。”

“北堂景，我喜欢你，我真的真的很喜欢你！”我将头靠在他的肩膀上，大声地说道。

漫画预言什么的，都见鬼去吧！

梦和现实怎么可能一样？

就算我真的是生活在漫画里的“恶毒女配角”又怎么样？我的人生我自己掌握，不同的选择完全可以产生不同的结局，我也可能变成“善良的女主角”，只要我的选择是正确的，我就要坚持下去！

我才不要再因为害怕，失去了自我，失去喜欢的人！

没有人能操控我的人生，我的故事我自己做主！

“我知道，我终于等到这一刻了……”

北堂景的手臂用力地抱了我一下，可他的声音越来越小。

当我感到他的手臂在沿着我的肩膀下滑时，我意识到发生了什么，猛地拉开他，就看到了他正慢慢地闭上眼睛……

“北堂景——”

尾声
EPILOGUE

阳光明媚的周末。

“嗨！”

一大早，我又接到了苏牧原的电话，我把金灿灿的向日葵放到楼梯口，调侃地问：“你怎么又打电话给我啊，你不怕陆莹莹吃醋吗？”

“她要是会吃醋，我就不会这么辛苦了。”

苏牧原无奈地笑了几声。

“哈哈哈，上次你还说你跟一个金发女生说了几句，陆莹莹就生气了，你不是还挺高兴的嘛！我看你就是故意每天给我打电话，引诱她吃醋的哟……”我故意说道。

“你又不是不知道我们俩现在的情况。”

苏牧原的声音低了下去。

哎！

苦命的苏牧原，男二号的路还真是不好走啊！

那天之后，陆莹莹就真的转学去了美国，而苏牧原马上追了过去，但两个人总是你追我赶分分合合，不知道什么时候才能真的走到一起……

不过，我倒是相信，总有一天苏牧原这个男二号会转正，变成男主角的！

见我不说话，那边沉默了一下，小声地问道："北堂景他还没有醒过来吗？已经快四个月了……"

"嗯，还没有醒。"

笑容从我的脸上慢慢退去。

今天就是最后一天了！

按照漫画，北堂景是在三个月后的某天醒过来的，当时漫画里还画了花园里盛开的向日葵，所以从我看到花园里向日葵开了的那天起，我就每天都会期待北堂景醒过来，每天我也会摘一朵向日葵，放到他房间里……

"不用担心，医生不是说，也许会有奇迹发生呢。"

苏牧原安慰我。

"会有的。"

我胡乱地答着，也不知道自己相信不相信，跟苏牧原聊了几句后，我就挂断了电话，摸着脖子上的樱花项链，发起呆来。

"小甜，小甜，快来看啊。"

突然，菜心的大嗓门传来，我转身看过去，就看到她手里拿着一枝樱花，从楼梯上朝我跑过来："樱花竟然在秋天开了，简直太神奇了！"

"你从哪里摘来的啊？"

我接过那枝樱花看了看。

"我今天跟苏牧星去他叔叔家的科技园，里面种了很多樱花树，他知道你喜欢，就偷偷摘了一枝让我带过来给你……"

菜心说谎说得脸不红心不跳的。

"呵呵。"

我翻了一个白眼，拆穿她：“是你自己喜欢想要，还把我给搬出来，我看要是被别人抓住了，你怎么办！”

菜心难得露出了愧疚的表情，小声地嘀咕道：“苏牧星被抓住了，现在估计还在被叔叔骂呢……”

“什么？”

我瞪大了眼睛，点了点她的脑袋：“你们也太胡闹了吧。”

“又不关我的事，是他太弱了，跑得那么慢……”

菜心一副事不关己的模样。

我摇了摇头，苏牧星算是又碰到了一个克星，我看他应该是为了让菜心跑走，自己宁愿被抓的……

可是樱花在这个时候出现，真的是个好兆头吗？

樱花虽然象征着美好、纯洁，可是一朵樱花从开放到凋谢却只有那么短短的一到两周，经历了短暂的灿烂后就会凋谢……

它跟向日葵是没法比的。

向日葵总是向着太阳，它阳光，生命力旺盛，适应力强，四季都可以开放，象征着对生命和生活的热爱。

北堂景到现在还没有醒过来，难道真的是因为漫画的影响……因为他命定的女主角被我取代了，他本来应该像漫画里最后出现的向日葵那样，有无穷的生命力，会马上醒过来，可我的到来，却像樱花一样，只能带给他短暂的美好吗？

我的心一紧。

看了看手中开得正好的樱花，我又摸了摸自己的项链，可就在这时，我听到“叮”的一声，项链从我的脖子上掉了下来。

我想要去捡，项链却沿着楼梯一路滚了下去。

“哎呀——”

我弯着腰，顺着楼梯追下去。

追到一半的时候，我看到一只修长的手将项链捡了起来。

我愣了一下后，眼角边有湿润的液体滑落，我欣喜地抬起头，就看到北堂景站在楼梯下，他高大的身影盖住了我。

“北堂景，你真的醒过来了？”

我激动地冲过去。

“嗯，我一醒过来就想要去找你，管家说你去花园了……”

他摸了摸我的头，温柔地朝我一笑，将我往他怀里一带，我就跌进了他的怀抱，他在我耳边说：“答应我，以后再也不离开我身边，好不好？我要一直看着你，让你寸步不离地陪着我……”

“嗯，我会永远跟你在一起的。”

我又在心里默默地加了一句：就算梦里又出现那该死的漫画，我也不会再妥协，不会再胡思乱想了！

“哎呀，我的眼睛要被晃瞎了！”菜心站在楼梯口，用手蒙住眼，夸张地喊道。

“她是谁？”

北堂景冷下脸，很不开心气氛被打断。

我无奈地摇摇头，说道：“她是菜心啦！北堂景，我说你的脸盲症是不是真的该去看看医生啊，我真怕哪天你也认不出我来……”

“怎么会？”

北堂景俯身，将我的脸捧了起来，凝视着我：“只有你，我永远都不会忘记，因为从我看到你的第一眼起，你就印在了我的心上！”